Arena-Taschenbuch
Band 51063

Carry Slee,
geboren 1949, lebt heute in Bergen in den Niederlanden.
Ihre Kinder- und Jugendbücher, vor allem ihre realistischen
Jugendromane, machen sie zu einer der populärsten
holländischen Autorinnen, die für ihr Werk bereits
zahlreiche Auszeichnungen erhielt.

Carry Slee

Schrei in der Stille

Aus dem Niederländischen
von Birgit van der Avoort

Eine Unterrichtserarbeitung zu diesem Taschenbuch
finden Sie zum Download unter www.arena-klassenlektuere.de
oder erhalten Sie über info@arena-verlag.de.

24. Auflage im Arena Taschenbuch 2024
© 2011 für die deutsche Ausgabe Arena Verlag GmbH,
Rottendorfer Str. 16, 97074 Würzburg
Alle Rechte vorbehalten
© Foreign Media Books, Amsterdam
Originaltitel: Spijt!
Aus dem Niederländischen von Birgit van der Avoort
Umschlaggestaltung: g&i Niklas Schütte unter Verwendung
eines Fotos von 123rf.com
(Nr. 30878443, © Antonio Guillem)
Gesamtherstellung: Westermann Druck Zwickau GmbH
ISSN 0518-4002
ISBN 978-3-401-51063-7

Besuche uns unter:
www.arena-verlag.de
www.twitter.com/arenaverlag
www.facebook.com/arenaverlagfans

1 Die Jacke noch halb geöffnet, flitzte David mit seinem Frühstücksbrot in der Hand aus der Toreinfahrt. An der Kreuzung sprang die Ampel auf Rot, doch zum Anhalten hatte er jetzt keine Zeit. Knapp vor einem Taxi sauste er über die Straße und kam ein paar Minuten später völlig außer Atem bei der Brücke an, aber Niels war schon weg.

Mist, jetzt war er doch zu spät, obwohl er rechtzeitig aufgestanden war. Und alles wegen des blöden Klassenfotos. Er hatte seinen ganzen Kleiderschrank durchwühlt, um etwas Ansehnliches zum Vorschein zu zaubern. Leider Fehlanzeige, alle Klamotten, in denen er einigermaßen passabel aussah, lagen in der Wäsche.

Wenn nur Vera nicht in seiner Klasse säße, dann würde er sich um sein Aussehen nicht so große Sorgen machen.

Ohne Vera in der Klasse sitzen? Bei diesem Gedanken vergaß er beinahe, nach rechts abzubiegen. Er konnte sich sein Leben ohne sie kaum noch vorstellen, und in den letzten Wochen hatte er unaufhörlich an sie denken müssen. Ohne Vera hätte er bestimmt bessere Noten, denn im Unterricht träumte er nur von ihr. Sie saß genau vor ihm, und wenn sie sich umdrehte und er in ihre Augen blickte, bekam er den Rest der Stunde nichts mehr mit. Und abends konnte er sich auch nicht richtig auf seine Hausaufgaben konzentrieren.

In der siebten Klasse war es viel besser gewesen, da hatte er noch nicht an dieser akuten Verliebtheit gelitten. Nun, vielleicht war er ein bisschen in Maike verliebt gewesen, aber auch nur, weil Niels die ganze Zeit übers Küssen geredet hatte, und da hatte er nicht zurückstehen wollen. Aber jetzt bei Vera war es etwas ganz anderes.

Unvorstellbar, dass er nicht gleich am ersten Schultag hin und weg gewesen war. Noch schlimmer, er hatte sie nicht einmal gesehen, denn damals hatte er sich nur für Greenpeace interessiert. Eigentlich gut so, denn er hätte keine Chance bei ihr gehabt, da war er sich sicher.

Dieses Jahr war alles anders, und er war viel mutiger geworden, das merkte er selbst. Leider nicht Sanne, Justin und Remco gegenüber, aber wer traute sich schon, ihnen zu widersprechen?

Gestern hatte er mitbekommen, wie die drei darüber redeten, dass Jochen nicht mit aufs Klassenfoto durfte. Als ob sie das zu entscheiden hätten! Aber niemand hatte protestiert. Was würden sie sich wohl wieder einfallen lassen, um Jochen eins auszuwischen? Vielleicht klauten sie sein Fahrrad? Das hatten sie schon einmal gemacht, und Jochen hatte das ganze Stück von der Turnhalle zur Schule zu Fuß laufen müssen, und als er angekommen war, hatte sein Fahrrad wie immer im Fahrradständer gestanden. Natürlich gab es immer ein paar, die mitmachten und ihn auslachten, aber die meisten in der Klasse kümmerte es nicht.

Vielleicht hatte Jochen die blöden Bemerkungen gehört und blieb heute von sich aus zu Hause, so wie im letzten

Jahr bei der Klassenfahrt nach Texel. Da hatte Sanne Jochen schon Wochen vorher Angst eingejagt und erzählt, sie würden ihn nachts entführen und in den Dünen zurücklassen oder ihn mit seiner Bettdecke unter die Dusche setzen. Welch ein Pech für die drei, als sie erfahren hatten, dass Jochen krank war und nicht mitfahren konnte.

Hoffentlich blieb Jochen heute auch zu Hause. In der siebten Klasse hatte David sich die Hänseleien noch angehört, doch in diesem Jahr hatte er immer häufiger das Gefühl, etwas dagegen unternehmen zu müssen, und das würde er demnächst auch tun. Wenn er erst Veras Freund war, würde er sich alles trauen!

David schreckte aus seinen Gedanken auf, als ein Auto so dicht an ihm vorbeifuhr, dass er fast vom Rad fiel. David trat mit seinem linken Fuß einmal kräftig durch, leider daneben. Das Auto fuhr mit quietschenden Reifen um die Kurve und hatte hoffentlich einen ordentlicher Kratzer abbekommen.

David sah auf seine Uhr. Schaffte er es noch rechtzeitig zur Turnhalle? Tino van Dijk würde zwar nichts sagen, aber er wollte mit Vera in eine Volleyballmannschaft und ihr jeden schwierigen Ball abnehmen. Sie sollte stolz auf ihn sein, und sie musste unbedingt glauben . . .

Hilfe, jetzt fuhr er fast einen Fußgänger über den Haufen! Er musste sich wirklich zusammenreißen, denn vor ein paar Tagen wäre er beinahe auf einen Citroën aufgefahren, der in zweiter Reihe geparkt hatte.

Er musste doppelt aufpassen, seit er verliebt war.

»He, Jungs, da ist einer aus dem Bett gefallen!«, rief Niels, als David den Umkleideraum betrat.

»Tut mir leid!« David schmiss seinen Rucksack auf den Boden. »Ich hab's nicht rechtzeitig geschafft.«

Seine Freunde lachten. Es war jeden Tag dasselbe, und mittlerweile wusste fast jeder, dass David morgens nicht aus den Federn kam.

»Morgen steh ich ganz bestimmt um Viertel nach acht an der Brücke.« David hob beschwörend zwei Finger in die Höhe.

»Deine letzte Chance.« Niels stand schon im Sportzeug an der Tür.

David hängte seine Hose an den Haken. »Soll das eine Drohung sein?«

»Keine Drohung«, sagte Niels. »Du wirst sonst eine Woche lang um halb sechs aus dem Bett geklingelt.«

»Solange du nicht um halb sechs anfängst, auf deiner Gitarre herumzuklimpern, soll's mir recht sein«, entgegnete er und zog sein T-Shirt über den Kopf.

»Vorsicht, David«, warnte Yussef ihn. »Ich glaube, du hast was Falsches gesagt.«

»Wartet nur ab, bis ich mein erstes Konzert gebe«, sagte Niels. »Dann musst du draußen bleiben.«

David fing an zu lachen. »Da sitzen wir längst im Altersheim.« Er band die Schnürsenkel seiner Sportschuhe zu und sprintete in die Turnhalle.

David sah zu der Gruppe Mädchen hinüber, die um den Turnlehrer herumstand. Es fehlte nur noch, dass sie bei Tino van Dijk auf dem Schoß saßen, obwohl Tino die Schwärmereien gewohnt war, denn er war einer der Lehrer, die alles taten, um von den Schülern angehimmelt zu werden. David blickte sich nach Vera um, doch sie stand nicht bei der Gruppe, sondern er entdeckte sie plötzlich in einer Ecke der Turnhalle, wo sie Yussef gerade einen Ball zuspielte. Der spielte ziemlich schlecht und blieb nun keuchend an der Wand stehen. Wahrscheinlich hatte der Wahnsinnige wieder bis Mitternacht hinter seinem Computer gesessen. Yussef reichten zwei Stunden Sport in der Woche. Ja, wenn er am Computer Volleyball hätte spielen können, dann hätte er auch an der Weltmeisterschaft teilgenommen, während Niels am liebsten den ganzen Tag Sport treiben würde.

»Können wir anfangen?«, fragte Niels den Lehrer. »Wir müssen wegen des blöden Fotos doch früher Schluss machen. Sonst ist gleich die Stunde vorbei.«

»Du hast recht, Niels.« Tino hängte das Volleyballnetz auf, und gerade als er in die Hände klatschte, öffnete sich die Tür zur Turnhalle, und ein dicker Junge trottete herein.

Sanne, Justin und Remco lachten verstohlen. Nicht sehr klug von dir, Jochen, dachte David, du hättest heute besser zu Hause bleiben sollen.

Tino war über Jochens Zuspätkommen sichtlich verärgert und konnte eine bissige Bemerkung nicht unterdrücken.

»He, Jochen, wenn man sich deinen Bauch anguckt, denkt man, du bist im sechsten Monat schwanger.«

Die halbe Klasse lachte. David sah zu Jochen hin, doch der setzte sich seelenruhig auf die Bank, als hätte er von all dem nichts mitbekommen.

Diesmal hatte David leider Pech, denn es wurden dieselben Mannschaften wie in der letzten Woche gebildet, also hatte er sich umsonst beeilt. Jetzt spielte er wieder nicht in Veras Mannschaft, und Niels hatte wie immer das Glück, den Schiedsrichterposten zu übernehmen.

Niels warf Tino van Dijk den Ball zu, als das gegnerische Team in Stellung ging. David war sich sicher, dass Tino mit Absicht den Ball wie ein Geschoss über das Netz schlug, genau in Jochens Richtung, denn der Ball kam so schnell, dass Jochen sich vor Schreck duckte.

»Ein wahrer Held«, jauchzte Sanne. »Es steht 1 : 0 für uns.«

»Nein«, erwiderte Tino, »von einer schwangeren Hausmaus kann man nicht erwarten, dass sie einen Ball fängt. Es bleibt beim 0 : 0.« Er spielte den Ball ein zweites Mal.

»Schluss für heute.« Tino zeigte auf die Uhr. »Ich habe abgesprochen, dass wir um zehn Uhr auf dem Schulhof sind, sonst muss der Fotograf auf uns warten.« Remco, Justin und Sanne rannten aus der Halle, doch Tino achtete nicht auf sie.

Als die anderen in den Umkleideraum kamen, waren Remco und Justin schon fertig. David fragte sich zwar im Stillen, was sie vorhatten, aber er sollte es gleich merken.

Während Jochen noch unter der Dusche stand, nahmen die zwei grinsend seine Sachen vom Haken und liefen damit aus dem Umkleideraum.

»Schaut euch das an.« Niels zeigte nach draußen, wo Jochens Hemd und Hose gerade mit größter Sorgfalt in einen Baum gehängt wurden. Ein paar der Jungen mussten lachen, doch die meisten zogen sich rasch an, als wollten sie damit nichts zu tun haben. Jochen merkte natürlich sofort, was vor sich ging, als er aus der Dusche kam und den leeren Haken erblickte. Mit hochrotem Kopf sah er unter der Bank und im Schrank nach, lief panisch suchend im Umkleideraum herum, doch er sagte nichts. Warum sollte er? Er wusste, dass sie ihn nicht beachteten.

»Suchst du was?« Remco deutete nach oben in den Baum. »Wenn wir das Foto gemacht haben, kriegst du sie zurück.«

»Ja«, bekräftigte Justin. »Oder glaubst du, dass wir mit so 'nem Fettquabbel aufs Bild möchten?«

David blickte Niels an, doch der hatte nicht vor, sich einzumischen. Er wusste, wie sein Freund darüber dachte. Niels war der Meinung, dass es Jochens eigene Schuld war, wenn sie ihn hänselten, und auch David verstand nicht immer, warum Jochen sich so verhielt. Warum wehrte er sich nicht? Seit dem ersten Schultag ging das schon so.

»Wer ist denn dieser Fettsack?«, hatte Sanne damals gefragt. So was schluckte man doch nicht einfach runter, aber Jochen Steenman anscheinend schon, denn als Jochen damals seinen Namen genannt hatte, hatte Sanne wie ein Schwein gegrunzt und seitdem hieß Jochen nur noch »das Schwein«.

Jetzt stand er da und grinste blöd, und fast konnte man meinen, er amüsierte sich mit den anderen. Am liebsten hätte David ihn angeschrien: »Wehr dich, Mann!« Er hätte Justin und Remco gern eine runtergehauen. Merkten sie nicht, dass sie allmählich zu weit gingen? Und nun öffneten sie auch noch die Tür zum Umkleideraum der Mädchen. »Wollt ihr ein nacktes Schwein sehen?«, riefen sie.

Sofort kamen Sanne und ihre Freundinnen angelaufen, und Sanne kitzelte mit einem Bleistift Jochens Bauch.

»He, ich sehe nichts. Hat das Schweinchen überhaupt einen Pimmel? Oder ist der unter den Fettschichten versteckt? Drück das Fett mal zur Seite, damit wir deinen Pimmel sehen können. Mach schon!«

Als Jochen nicht reagierte, hielten Remco und Justin ihn

fest. »Kannst du nicht hören? Schweine müssen gehorchen, sonst werden sie bestraft.« Sie trugen Jochen in den Umkleideraum der Mädchen.

Das schien ein voller Erfolg zu sein, denn ein paar Sekunden später hörte man lautes Gekreische. Niels warnte Justin und Remco, dass Tino kam, und die beiden ließen Jochen los und rannten blitzschnell in ihren Umkleideraum, zogen ihre Jacken an und drängten sich an Tino vorbei nach draußen. David konnte sehen, wie Jochen mit verheultem Gesicht in die Toilette flüchtete und sich einschloss.

Keine Sekunde später klopfte Tino an die Tür der Mädchen. »Beeilt euch, ich schließ gleich ab.«

Dann kam er zu den Jungen herüber. Jetzt ging's den Idioten an den Kragen! David hoffte es inständig für Jochen; endlich würde die Quälerei ein Ende haben. Tino lief zum Fenster und kontrollierte, ob es abgeschlossen war. War Tino blind? Er musste Jochens Kleider im Baum doch sehen.

»Kommt ihr?«, fragte Tino. Ohne auf die Toilette zu achten, schob er sein Rennrad nach draußen und schloss die Turnhalle ab.

»Kommt, Leute. Das wird ein klasse Foto!« Er sprang auf sein Rad und fuhr los.

Auf dem Weg zur Schule wurde Jochens Name ängstlich vermieden, nur ab und zu gab Sanne ein Grunzen von sich, und das war für einige bereits Anlass genug, um sich kaputt zu lachen.

David fühlte sich hundeelend, er musste an Jochen denken, der nackt im Umkleideraum eingeschlossen war. Als sie jedoch die Schule erreichten, hatte er nur noch Augen für Vera, die in der ersten Reihe saß, neben Marion. Rechts neben ihr war noch ein Platz frei. Am liebsten hätte er sich neben sie gesetzt, aber er hatte Angst, dass es zu sehr auffiel. Oder sollte er sich einfach trauen? David zögerte einen Augenblick zu lange, denn Niels kam ihm zuvor und kletterte über die Bank und setzte sich neben Vera. He, Niels rückte aber wirklich sehr dicht an sie heran. War das nicht ein wenig übertrieben? Schließlich war Platz genug da. Fehlte nur noch, dass er einen Arm um sie legte.

Sei nicht albern, Smit, sagte er zu sich selbst, du bist nur eifersüchtig. Du hättest dich ja dorthin setzen können, aber du warst mal wieder zu schüchtern.

»David!« Yussef winkte ihm zu.

Klar, er konnte sich ebenso gut hinten neben Yussef stellen.

»Hab ich was verpasst?«, wollte David wissen, als die anderen anfingen zu johlen.

»Tino stellt sich mit dem Rennrad aufs Foto«, antwortete Yussef. »Tolle Idee von Marion.«

»Seid ihr sicher, dass ihr das wirklich wollt?« Tino stellte sich mit seinem Rad mitten in die Gruppe.

»Spitze!« Sie machten Platz für ihren Klassenlehrer, doch von dem Rennrad war kaum etwas zu sehen, da die Mädchen sich um Tino herumdrängten.

Was für ein blödes Getue! David ärgerte sich maßlos, und zudem wollte dieser Fotograf unbedingt, dass sie lachten, und ununterbrochen riss er müde Witze. Da konnte einem echt schlecht werden! Egal, nun bekam er endlich ein Foto von Vera, und das machte alles andere vergessen. Er wusste, dass er ihr Gesicht ausschneiden und über sein Bett hängen würde; bei diesem Gedanken wurde ihm ganz warm.

Jochen musste ohne seine Kleider durchs Umkleidefenster nach draußen geklettert sein, denn kurz vor der Geschichtsstunde kam er in die Klasse, als wäre nichts geschehen. David konnte nur hoffen, dass sie ihn in Ruhe ließen, aber die anderen waren viel zu sehr mit der bevorstehenden Klassenarbeit beschäftigt.

»Wir brauchten doch nichts zu lernen!«, sagte Marion.

»Keine Panik, ich will nur wissen, ob ihr in der letzten Stunde aufgepasst habt.« Herr Block diktierte die erste Frage. Sie hätten es sich eigentlich denken können, denn in seiner letzten Geschichtsstunde hatten alle für Biologie gelernt und gedacht, dass Block es nicht mitbekommen hatte. Sie hatten sich geirrt.

2 »David, bist du noch nicht wach?« Frau Smit zog ihrem Sohn die Bettdecke weg.

Schläfrig drehte David sich um. »Ich komme gleich.«

»Nein, jetzt. Ich rufe dich schon seit einer Viertelstunde. Nachher meckerst du wieder, dass du allein zur Schule fahren musst. Niels hat keine Lust, deinetwegen jeden Morgen zu spät zu kommen.«

»Jaa . . . ich komme ja schon.« Er wusste sofort, wenn seine Mutter morgens freihatte, denn dann musste er sich immer ihr Gemeckere anhören! David rieb sich gähnend seine Augen, als unten das Telefon klingelte.

»Geh du dran!«, sagte seine Mutter. »Dann wirst du wenigstens wach!«

»Ich bin längst wach.« Maulend lief David nach unten. Bestimmt war es wieder seine Oma, die in letzter Zeit fast jeden Morgen anrief. Und dann diese Fragen: ob es gut ging mit der Schule oder ob er eine Freundin hatte. Und man musste nicht denken, dass sie auf eine Antwort wartete. Aber nein, wenn sie zwei Fragen gestellt hatte, erzählte sie von ihren Problemen: von dem Klavierstimmer, der immer teurer wurde, und den Schülern, die sich nicht anstrengten. Und dass die Jugend von heute nicht mehr wusste, was Disziplin bedeutete. Ihr war es egal, mit wem sie sprach, sie plapperte in einem fort.

»David Smit«, sagte er leicht genervt, doch als er Niels' Stimme hörte, war seine schlechte Laune mit einem Schlag verflogen. »Fällt die erste Stunde aus?«

»Ja«, antwortete sein Freund. »Rüblitörtchen ist krank. Das ist prima, ich hatte sowieso keinen Bock auf Französisch. Ich habe Probleme mit der Band. Rianne will aufhören.«

David gab sich Mühe, nicht laut aufzulachen. Sie nannten es Band; *Punkt aus* hieß sie. Nun, sie wurden ihrem Namen wirklich gerecht, denn die Band existierte zwar seit sechs Wochen, doch jeden Dienstagabend hörte jemand von ihnen auf. Sie stritten mehr, als dass sie Musik machten. Und Niels konnte immer alles so übertrieben dramatisch darstellen, als wäre die ganze Welt zusammengebrochen. In der letzten Woche hatte er auf dem Hinweg zur Schule die ganze Zeit nur beleidigt geschwiegen.

Raul, der Saxofonist, hatte aufgehört, und als David am nächsten Tag Niels darauf angesprochen hatte, hatte er nur zu hören bekommen: »Du meinst die kleine Meinungsverschiedenheit. Die ist längst gelöst.«

Jetzt hatten sie Krach mit Rianne. Vielleicht sollten sie mal eine Beziehungstherapie machen.

»Ich habe eine Überraschung für dich«, sagte Niels. »Du darfst gleich deine Prinzessin anrufen und ihr ausrichten, dass die erste Stunde ausfällt.«

»Vera?«, fragte David überrascht. »Wieso das? Nach mir kommt doch Jochen?«

»Den rufen wir nicht an!«, lachte Niels. »Ist 'ne Idee von Sanne und ich find's auch ganz lustig.«

»Dann kommt er umsonst«, sagte David.

»Na und? Kleiner Scherz!«

Als David nicht reagierte, fragte Niels: »Oh, ich verstehe, du traust dich nicht das Butterblümchen anzurufen. Kein Problem, dann erledige ich das für dich und richte ihr die besten Grüße von dir aus.«

»Wag es nicht!«, bellte David in den Hörer. »Ich bring dich um. Kümmere dich lieber um deine Band. Ich ruf sie selbst an.«

»Quatsch aber nicht zu lange mit deinem Sonnenschein«, grinste Niels. »Zehn nach neun fahr ich los.«

»Idiot!« David warf den Hörer auf den Apparat.

Oben hörte er den Staubsauger. Sein Frühstück würde er wohl selbst machen müssen, denn anscheinend hatte seine Mutter sich an ihrem freien Morgen viel vorgenommen, und das war auch dringend nötig, denn morgen kam sein Vater nach Hause. Gestern Abend hatte David sie noch damit aufgezogen, dass sie noch genügend Zeit zum Putzen hätte. Er hatte kein Mitleid mit ihr. Vor einem halben Jahr, als seine Mutter die neue Stelle angetreten hatte, wollte sie bereits eine Haushaltshilfe engagieren, aber seitdem hatte sie noch immer keine Annonce in die Zeitung gesetzt. Daran war seine Oma schuld, die eine Hilfe für reine Geldverschwendung hielt. Am schlimmsten aber war, dass seine Mutter auf das dumme Gerede höre.

Davids Blick schweifte durch das Zimmer. Man musste aufpassen, wohin man trat. Es war deutlich zu erkennen, dass Vater auf Geschäftsreise war, denn sonst sah es bei ihnen nie so aus. Sein Vater verabscheute jegliches Durcheinander und hätte längst selbst aufgeräumt.

David lief in die Küche und bemühte sich, das Chaos dort zu übersehen. Saubere Tassen gab es nicht, also setzte er Kaffee auf und spülte zwei Tassen ab, die er ins Esszimmer trug. Bestimmt trank seine Mutter auch einen Kaffee. Den Tisch brauchte er nicht zu decken, der Teller seiner Mutter stand noch da. »Kaffee ist fertig«, rief ich nach oben. Er nahm sein Adressbuch und ging zögernd zum Telefon. Es würde seine Schuld sein, wenn Jochen nachher allein in der Pausenhalle saß. Er konnte ihn doch eben anrufen, genau wie sonst auch, aber es erforderte Mut, denn wahrscheinlich würden Sanne, Remco und Justin sich an ihm rächen, wenn sie davon erfuhren. Sie würden die gesamte Klasse gegen ihn aufwiegeln. War Jochen ihm so viel wert? Vera konnte er dann natürlich auch vergessen.

Der Gedanke an sie gab den Ausschlag. Er nahm den Hörer und wählte ihre Nummer, und zum Glück war sie selbst gleich dran, doch ihre Stimme klang etwas gereizt.

»Hier ist David«, sagte er so normal wie möglich. »Die erste Stunde fällt aus.«

»Gott sei Dank«, seufzte Vera. »Ich hab gerade mein Fläschchen Nagellack auf den Tisch fallen lassen. Jetzt habe ich wenigstens genug Zeit, um alles sauber zu machen, bevor meine Mutter ausflippt.«

»Räum du den Nagellack auf«, lachte David. »Ich frühstücke in der Zwischenzeit in aller Ruhe.«

»Benutzt Jochen Nagellack?«, fragte Davids Mutter erstaunt, die seine letzten Worte gehört hatte.

David prustete los. »Nein, aber Vera.«

»Oh, ich dachte, dass du immer Jochen anrufst, wenn eine Stunde ausfällt.«

»Äh . . .« David wusste so schnell nicht, was er sagen sollte. »Die Reihenfolge hat sich geändert, glaube ich.« Seine Stimme klang nicht sehr überzeugend.

»Ihr lasst den armen Kerl doch nicht etwa umsonst kommen, oder? Das Piesacken finde ich ganz schrecklich.«

»Ich habe Jochen noch nie gepiesackt«, entgegnete David.

»Aber du setzt dich auch nicht für ihn ein.«

David streute Schokostreusel auf sein Brot. »Warum ausgerechnet ich? Soll er sich doch selbst wehren. Er muss ihnen nur mal gehörig die Meinung sagen, dann hört das Piesacken von selbst auf.«

»Er traut sich eben nicht, das weißt du nur zu gut. Er braucht Unterstützung.«

Davids gute Laune war verflogen. Jetzt fing seine Mutter auch schon an. »Wenn du nur so ätzende Fragen stellst, kann ich besser allein frühstücken.«

Seine Mutter lachte. »Ich habe eine Frage, die deine Laune schlagartig verbessern wird. Wie steht es mit Vera?«

Oh nein . . . David merkte, wie er rot wurde. Woher wusste sie nur, dass er verliebt war? Schließlich hatte er ihr doch nichts erzählt.

»Dachtest du etwa, du könntest das vor mir verborgen halten?«, sagte seine Mutter lächelnd. »Du hörst und siehst nichts und redest nicht mehr die ganze Zeit von Greenpeace. Nun, das hat doch etwas zu bedeuten.«

David schaute ungläubig. »Ich habe doch nie von Vera erzählt.«

Seine Mutter trank einen Schluck Kaffee. »Als die Redaktionssitzung bei uns stattfand, habe ich schon genug gesehen.«

»Was soll das denn?«, wollte er wissen. »Ich habe mir doch extra nichts anmerken lassen.«

»Gerade deshalb«, antwortete seine Mutter. »Aber ich muss sagen, du hast Geschmack. Sie ist wirklich ein nettes Mädchen, und wenn ich richtig gesehen habe, findet sie dich auch mehr als nur nett.«

»Echt wahr?« Plötzlich war David ganz Ohr. »Woran hast du das bemerkt?«

»Tja, wie merkt man so was . . .« Seine Mutter drehte ihre Haare zu Locken. »Vielleicht daran, wie sie dich ansieht.«

»Dann hast du noch nie gesehen, wie sie Niels anschaut.«

Seine Mutter seufzte. »Du denkst ständig, dass alle Mädchen in Niels verliebt sind.«

»Das ist doch so, jedes Mal, wenn ich mich verliebe, entscheidet sich das Mädchen für Niels. Das hab ich gründlich satt. Aber er sieht nun einmal total gut aus. Und dann seine Band . . . Er hat einfach das gewisse Etwas.«

»Du bist doch auch ein attraktiver Junge.«

»Und total naiv, wie?« David tat, als klopfte er seiner Mutter an den Kopf. »Nur Mütter können so was sagen. Ich bin absolut unattraktiv, das weiß ich schon lange.«

»Na ja, ich habe anscheinend keine Ahnung von so was.«

»Du hast Ahnung von anderen Dingen«, sagte David. »Beispielsweise, wie man mit Oma umgehen muss.«

Die Mutter schlug David mit dem Löffel leicht auf seine Finger. »Warte nur, bis ich später mal so alt bin.«

»Du bist mir eine. Wenn ich eine so anstrengende Stelle hätte und ich würde dringend eine Haushaltshilfe suchen, dann würde ich mich auch darum kümmern, und wenn ich mich auf den Kopf stellen müsste. Aber na ja . . .« David sah seine Mutter herausfordernd an. »Ich brauche schließlich keine Haushaltshilfe.«

»Oh, bei dir muss sicher die Frau aufräumen.«

David schüttelte den Kopf. »Meine Mutter hat später solche Schuldgefühle, weil sie früher nie Zeit für mich hatte und immer an ihre Karriere denken musste, dass sie froh ist, etwas für mich tun zu können.« Er streckte seine Zunge raus und lief nach oben.

»He, da bist du ja endlich«, seufzte David, als Niels schließlich auftauchte.

»Das musst gerade du sagen! Einmal bist du pünktlich und dann auch nur, weil ich dich selbst aus dem Bett geklingelt habe.«

»Fahren wir durch den Königinnenweg?« David bog rechts ab, denn er wusste nur zu gut, dass Vera diesen Weg nahm. Er hatte sie einmal abgepasst und genau gesehen, wie sie fuhr. Eigentlich wusste er alles über Vera. An welchen Tagen und um welche Zeit sie zum Jazztanz ging und wie sie fuhr. Er hatte ihr am Tanzstudio sogar mal nachspioniert, und als sie herausgekommen war, hatte er so getan, als wäre er zufällig vorbeigeradelt. Sie waren zusammen nach Hause gefahren, und er hatte ganz feuchte Hände bekommen, obwohl er sich schon vorher genau überlegt hatte, was er sagen würde. Doch als er neben ihr hergeradelt war, war sein Kopf mit einem Mal wie leer gewesen. Gott sei Dank war es nicht weiter aufgefallen, denn Vera hatte ohne Punkt und Komma geredet. Und er hatte inständig gehofft, dass sie einen Platten bekam, dann hätten sie zusammen weiterlaufen können, oder sie wäre bei ihm auf dem Rad mitgefahren. Das war die Idee: Vera vorne auf seinem Gepäckträger. Er würde die ganze Welt mit ihr umrunden und wäre dann noch immer nicht müde.

»Hast du gehört, dass Vera die Schule verlässt?«, fragte Niels.

David fuhr vor Schreck gegen die Bordsteinkante. »Sie geht von der Schule?«

Niels begann zu lachen. »Kleiner Scherz. Du bist wirklich total verliebt. Ich versteh nicht, warum du sie nicht fragst, ob sie mit dir gehen will.«

David polierte seine Klingel. »Wenn sie Nein sagt, steh ich wie ein Trottel da.«

»Sie sagt bestimmt nicht Nein«, versicherte ihm Niels. »Sie ist ganz verknallt in dich, das weiß doch jeder.«

»Du hast den anderen doch nichts erzählt?«

»Das war gar nicht nötig, was meinst du wohl. Du wirst feuerrot, wenn du sie siehst, und wenn ihr nebeneinandersitzt, kann man die Heizung abstellen.«

»Wie nett von dir«, sagte David. Er radelte eine Zeit lang schweigend weiter und sah dann zu Niels rüber. He, wo war der geblieben? David blickte sich um und entdeckte seinen Freund am Zebrastreifen, wo er mit einer höflichen Geste ein Mädchen mit roten Haaren die Straße überqueren ließ. Bei Niels musste man mit allem rechnen, vor allem wenn ein Mädchen rote Haare hatte.

Niels klopfte David auf die Schultern. »'tschuldigung, aber bei Rot muss man warten.«

»Gut, dass Vera keine roten Haare hat«, murmelte David. Niels lachte. »Du befürchtest doch nicht, dass ich sie dir wegschnappe?«

»So abwegig ist der Gedanke nicht.«

Niels legte seine Hand auf Davids Lenker. »Das ist doch bescheuert. Ich interessiere mich überhaupt nicht für Vera.«

»Wirklich nicht?«

Erst als Niels zwei Finger hob, war David zufrieden.

Sie hatten ihre Räder noch nicht abgestellt, da kamen ihnen Sanne und Justin bereits entgegen. »Wir wollten eben kontrollieren, ob Fettsack in der Pausenhalle sitzt.«

»Der hat längst den Süßwarenautomaten geplündert«, grinste Justin.

Die beiden gingen David auf die Nerven, und jetzt sollte er auch noch gemeinsam mit ihnen nachsehen, ob der blöde Witz funktioniert hatte. Er sah, dass auch einigen anderen aus der Klasse nicht ganz wohl dabei war, trotzdem lief er brav mit ihnen die Treppe hinauf. Hinten in der Pausenhalle, ganz allein an einem großen Tisch, saß Jochen. Laut grunzend öffnete Sanne die Tür. Als Jochen sich umblickte, begann sie zu lachen. »Nett von uns, dass wir nicht angerufen haben, nicht wahr? Sonst hätte deine Mami dir noch fünf Teller Brei gegeben.«

»Und dann wäre dein Rad zusammengesackt.« Remco musste schallend lachen, genau wie ein paar andere aus der Klasse.

»Kannst dich bei David bedanken«, fuhr Sanne fort.

Na prima, dass sie das erwähnte, dachte David genervt. Er

war absolut nicht stolz auf sich, und seine Mutter hatte recht, er hätte Jochen diese Erniedrigung ersparen müssen, und wenn ihn jemand darauf angesprochen hätte, hätte er seinen Mund aufmachen müssen. Aber er hatte sich wieder nicht getraut.

3 David sah auf seine Uhr. Noch fünf Minuten. Wenn sie Englisch hatten, fühlte er sich jedes Mal wie eingesperrt und hoffte inständig, nicht drangenommen zu werden. Er hasste es, laut vorzulesen, da er Angst hatte, sich zu verheddern. Bei Herrn Reuter geriet jeder ins Stottern, und niemand fühlte sich in der Englischstunde wohl in seiner Haut.

Letzte Woche war David abgehört worden. Er hatte wirklich gut gelernt, aber vor der Klasse hatte er nichts mehr gewusst und ein dickes Ungenügend bekommen, zudem hatte er die Seite viermal abschreiben müssen.

Er seufzte. Die Gefahr war vorüber, weil Herr Reuter gerade auf Yussef deutete. David hatte Mitleid mit seinem Freund, dem Englisch ziemlich schwerfiel. Und das merkte man deutlich, denn Herr Reuter musste fast jedes Wort verbessern.

Gott sei Dank hatten sie anschließend ihre Redaktionssitzung, das entschädigte ihn für diese Stunde. David freute sich schon.

Es war noch besser als im letzten Jahr, weil jetzt auch Vera mit in der Redaktion saß. Erst waren sie nur zu fünft gewesen: Niels, Yussef, Marion, David und Paul Nobbe, der Niederländischlehrer, aber nach den Sommerferien hatte Marion Vera mitgebracht.

Die Schülerzeitung war umfangreicher geworden, denn in diesem Jahr mussten sie drei statt zwei Seiten füllen, den Rest übernahm die elfte Klasse. Es war jedes Mal eine Heidenarbeit, alle Seiten vollzukriegen, zumal kaum jemand einen Artikel einreichte, sodass sie das meiste selbst schreiben mussten.

Endlich klingelte es. David war nicht der Einzige, der sehnsüchtig darauf gewartet hatte. Erleichtert klappten die Schüler die Bücher zu, und einige packten bereits ein.

Herr Reuter klopfte mit seinem Füller auf den Tisch. »Bevor ihr alle wegrennt, möchte ich euch noch sagen, dass wir nächsten Freitag eine Klassenarbeit schreiben.«

»Freitag geht nicht«, protestierte Marion. »Donnerstagabend kommt ein wahnsinnig toller Film im Fernsehen.«

»Ja, Herr Reuter, es ist ein Film auf Englisch«, pflichteten die anderen ihr bei. »Da kann man viel lernen. Aber wenn wir eine Klassenarbeit schreiben, dürfen wir am Donnerstag nicht gucken.«

»Dabei ist ein Film im Original doch gut für unsere Aussprache«, sagte Yussef, der gerade noch zu hören bekommen hatte, was für ein holpriges Englisch er sprach.

»Vor allem von den Untertiteln lernt ihr sicherlich eine ganze Menge«, antwortete Herr Reuter spöttisch.

»Die kleinen Buchstaben kann man doch nicht lesen.«

»Denkt dran«, warnte Herr Reuter sie. »Film oder kein Film, diese Arbeit zählt.«

»Thank you very much.« Niels schlug sein Heft zu und packte es in seine Tasche. »Wer hat noch einen Artikel für die Schülerzeitung geschrieben?«, fragte er hoffnungsvoll.

»Es ist doch keine Pflicht, was zu schreiben«, schlug es ihm von allen Seiten entrüstet entgegen. »Es ist doch euer Hobby . . .«

»Take it easy«, sagte Niels. »Es war nur eine Frage, denn morgen ist es zu spät. Heute Nachmittag drucken wir.«

»Schade«, meinte Emil, der keinen Satz zu Papier bringen konnte. »Ich spüre, dass ich heute Nacht eine Eingebung bekomme, leider.«

»Für so ein Talent müssen wir natürlich eine Ausnahme machen«, grinste Niels.

Die Redaktionsmitglieder der Schülerzeitung saßen rund um den Versammlungstisch und warteten auf Paul Nobbe, der meistens zu spät kam. Paul war ziemlich aktiv: Er war im Filmklub und machte beim Organisationskomitee fürs Schulfest mit.

Während Yussef hinter dem Computer verschwand, betrachtete David Veras Fingernägel. Der schwarze Nagellack stand ihr wirklich klasse. Heute Morgen hatte er ihr noch ein Kompliment machen wollen, aber natürlich hatte er wieder zu lange gezögert und da war Niels ihm wie üblich zuvorgekommen.

»Deine Nägel sehen toll aus«, hatte er Niels sagen hören. Er hätte sich selbst vor den Kopf schlagen können, als er gesehen hatte, wie Vera Niels angelächelt hatte.

Aufmerksam las David Marions Comic durch, der von Katy handelte, einem Mädchen, das sich alles traute. Genau wie Marion selbst. David fand sie klasse, aber er würde sich nie in sie verlieben, denn mit ihren Piercings war sie ihm viel zu ausgeflippt. Sie hatte einen Ring in der Nase und einen im Bauchnabel. Die hatte sie sich beide selbst gemacht und nun wollte sie sich noch ein Piercing durch die Zunge machen lassen, aber er glaubte nicht, dass ihre Eltern das erlauben würden. Allerdings hatte sie sich zu ihrem Geburtstag ein Tattoo machen dürfen und das Redaktionsteam hatte sie begleitet. David hatte kaum hinsehen können, aber Marion hatte keinen Mucks von sich gegeben, obwohl ihr die Tränen über die Wangen gelaufen waren. Niels wollte auch ein Tattoo auf seinem Arm, aber seit er bei Marion zugeschaut hatte, verlor er kein Wort mehr darüber.

Vor einiger Zeit war David Marion auf dem Roller ihres Bruders begegnet, als sie Vera hatte abholen wollen, aber die hatte sich geweigert mitzufahren. Marion war noch keine sechzehn und heizte mit so einer schnellen Maschine herum.

»Wir fangen an.« Niels klopfte mit dem Hammer auf den Tisch. »Was haltet ihr davon?«

»Einen Moment«, unterbrach ihn David. »Für welche Rubrik?«

»Für die Rubrik *Wusstet ihr schon*«, antwortete Niels. »›Wusstet ihr schon, dass Herr Brath endlich eine neue Krawatte besitzt? Schade, wir hatten uns gerade an den verschlissenen Stofffetzen gewöhnt.‹«

»Prima«, lachten alle.

»Und dieser: ›Auch in diesem Monat haben wir wieder gut aufgepasst und als Gewinner der Woche Herrn Hoek mit hundertfünfzig Mal ›äh‹ pro Unterrichtsstunde ermittelt. Wir gratulieren ihm zu seinem Erfolg . . . äh, Rekord.‹«

»Hier noch einer«, sagte David. »›Nehmt in Frau Baumers Stunde bitte einen Regenschirm mit, wenn ihr innerhalb der Drei-Meter-Feuchtzone sitzt.‹«

»Jetzt zu den Horoskopen«, sagte Niels, nachdem sie alle genug gelacht hatten. Er sortierte seine Zettel. »Vera, du solltest über den Steinbock schreiben.«

»›Dies wird eine romantische Woche für den Steinbock‹«, las Vera mit aufreizender Stimme vor. »›Nimm dich besonders vor einem Jungen aus der achten Klasse mit blonden Haaren und einem Goldring im linken Ohr in Acht.‹«

»Ganz schön frech.« Niels zog an Veras Haaren. »Mich derart lächerlich zu machen!«

Vera versuchte, in seinen Arm zu beißen, damit er sie losließ. Die anderen mussten lachen, aber David spürte, wie er eifersüchtig wurde.

»Jetzt mal ernsthaft. Eigentlich steht hier: ›Finanziell geht es für dich aufwärts. Deine Haschpflanzen werden in diesem Monat von deinem Kaninchen gefressen: Tipp des Monats: Investiere nicht zu viel Zeit in deine Hausaufgaben. Deine Glückszahl ist die Eins.‹«

Kurz darauf kam Paul Nobbe, doch als sie ihn in seiner braunen Lederjacke sahen, wussten sie gleich Bescheid: Er konnte nicht an der Redaktionssitzung teilnehmen. Sie konnten froh sein, dass er die Treffen nicht ständig verschob so wie Frau Klaver. Als Paul eine Zeit lang krank gewesen war, hatte sie ihn vertreten. Gott sei Dank hatten sie bei der Zicke keinen Unterricht! Sie hatten nie allein in der Schule bleiben dürfen. Paul vertraute ihnen und hatte ihnen sogar einmal seinen Schlüssel überlassen.

David fand es schade, dass Paul wegmusste, denn meist erzählte er klasse Geschichten von den anderen Lehrern. So gab es anscheinend häufig Ärger mit Herrn Block, weil der die Brote aus dem Kühlschrank klaute, dieser Fresssack. Jetzt hing an der Tür ein Zettel: *Finger weg, Block.*

Bevor Paul ging, legte er noch Geld für Kuchen auf den Tisch.

»Lecker, wer läuft eben zum Bäcker?«, fragte Niels.

»Ich geh schon.« Yussef nahm das Geld und machte sich auf den Weg.

Paul Nobbe gab ihnen noch ein paar Tipps und ging dann ebenfalls.

»Die Rubrik *Suche*, was ist da reingekommen?«, wollte Niels wissen.

»Eine total durchgeknallte Anzeige.« Marion begann zu lesen. »Drei attraktive Mädels aus der 9 c, lange Haare und perfekte Figur – Hobby Küssen –, suchen drei klasse Typen. Bitte Brief mit Foto.«

»Die kenn ich«, sagte David. »Die Tussies sind immer in der Pausenhalle, in der Nähe vom Süßwarenautomaten. Die müssen wirklich eine Belohnung aussetzen!«

Sie nahmen sich die übrigen Manuskripte vor. Es gab noch einen Artikel von einem Ernährungsprojekt aus der 8 a, ein Kreuzworträtsel, ein Gedicht von jemandem aus der Fünften, und Vera hatte noch ein paar Bekanntmachungen von Herrn Schwarz, dem Konrektor.

Yussef kam mit einem Kuchenpaket zurück und zog ein Gesicht, als hätte er erwartet, dass der Tee schon gekocht war. Hatte er gedacht, sie machten sofort eine Pause? Sie hatten doch gerade erst angefangen.

Yussef interessierte sich nicht so wahnsinnig für die Schülerzeitung, und David war sich sicher, dass er nur mitmachte, weil sie hinterher immer in den *Speicher* gingen, ihre Stammkneipe in der Nähe der Schule.

Yussef verschwand auch jetzt gleich wieder hinter dem Computer, was David nicht weiter störte, Niels jedoch ziemlich ärgerte.

»Yussef, machst du mit oder nicht?«

»He, wollt ihr sehen, wie viele Punkte ich schon habe?«, kam als Antwort von Yussef.

Vera und Marion rannten rüber zum Bildschirm.

»Warum fragst du nicht, ob sie mit dir gehen will?«, flüsterte Niels.

»Klar, wo jeder dabei ist!«, antwortete David. »Überlass das ruhig mir.«

David setzte Wasser für den Tee auf. »Ist noch irgendwo Zucker?«

»Ich lauf eben zum Hausmeister«, sagte Yussef, der heimlich eine rauchen wollte. Als er zurückkam, legte er einen Haufen Kopien auf den Tisch.

»Wie kommst du denn an die?«, wollte Niels wissen.

»Von Johan aus der Parallelklasse, der ist auch so ein Computerfreak wie ich. Wir tauschen immer die neuesten Infos aus, und er hat den Zettel mit der Englischarbeit bei Reuter für mich rausgeschmuggelt.«

»Lass sehen.« Vera las die erste Frage vor. »He, die Vokabeln haben wir gerade durchgenommen.«

»Menschenskinder, das ist die Arbeit, die wir am Freitag schreiben!«, rief Marion.

Sie sahen sich an, und Niels sprach aus, was die anderen dachten: »Also kopieren.« Er legte das Original auf den Kopierer und drückte auf den Knopf.

Sie waren noch beschäftigt, als die Tür aufging. Niels stoppte sofort den Kopierer und stopfte die Zettel weg, während die anderen zum Tisch liefen und vorgaben, mitten in der Arbeit zu sein.

»Sind wir hier richtig bei der Redaktion der Schülerzeitung?«

Sanne, Justin und Remco steckten ihren Kopf durch die Tür. Niels seufzte erleichtert. »Wir haben uns zu Tode erschrocken, macht die Tür zu. Wir dachten, es sei Reuter.«
David fragte sich im Stillen, was die drei hier wollten, denn normalerweise interessierten sie sich nie für die Schülerzeitung, sondern warfen die Ausgabe meist sofort weg, ungelesen, und noch nie hatten sie einen Artikel eingereicht.
Niels zeigte ihnen die Englischarbeit, worüber David sich insgeheim ärgerte; das hätte er nicht getan. Die drei wollten sich natürlich sofort einmischen und fanden es fantastisch, dass jeder eine gute Zensur bekommen konnte, und meinten, dass Jochen auf keinen Fall eine Kopie erhalten sollte, denn dem gönnten sie ein dickes Ungenügend. Als ob die drei das zu entscheiden hätten!
Sicher waren sie nicht ohne Grund gekommen. Um sie zu ärgern, fragte David, ob sie mitarbeiten wollten, aber Sanne verkündete, dass sie eine brillante Idee für die Schülerzeitung hatte. Sie wollte einen Antifettsack-Fanklub gründen. Wirklich brillant, dachte David, wie gestört musste man sein, um sich so was einfallen zu lassen. Dachten die tatsächlich, dass sie das zulassen würden? Das konnten die sich aus dem Kopf schlagen. Er merkte, wie er wütend wurde. Für einen kurzen Moment sah er sich bereits explodieren, aber da kam Niels ihm zuvor.
»Das klappt nicht. Dachtet ihr, dass Nobbe das gutheißt?«
»Nobbe?«, fragte Sanne entrüstet. »Es ist doch unsere Zeitung.«
»Ja«, pflichtete Justin ihr bei. »Ich dachte, es ist eine Schülerzeitung.«
David zuckte mit den Achseln. »Nobbe trägt letztlich die Verantwortung.«

»Bescheuert«, sagte Justin. »Da haben wir eine klasse Idee, und dann geht es nicht.«

»Es dürfen immer nur so brave Artikel rein«, nörgelte Remco. »Oder ein Gedicht von Shakespeare.«

»Kommt, Leute, wir gehen. Dann überlegen wir uns eine andere Überraschung für unser Schwein«, meinte Sanne.

»Wie viele Kopien brauchen wir noch?«, fragte Niels, als die Tür hinter den dreien zuschlug.

»Noch dreizehn«, antwortet David.

»Nein, zwölf«, erinnerte ihn Niels. »Jochen braucht keine.«

»Das entscheiden wir doch«, sagte David.

»Ich habe keine Lust, mit den dreien Ärger zu kriegen«, meinte Yussef.

Daran wollte auch David lieber nicht denken. Sanne hat in der siebten Klasse mal einen blöden Witz gemacht, und er hatte nicht mitgelacht. Da hatte er was erleben können. Er war gleich als Spielverderber abgestempelt und von Justin und Remco blöd angemacht worden.

»Jochen ist doch selbst schuld, wenn er schikaniert wird«, fand Marion. »Soll er doch erst mal abnehmen.«

»Ich habe manchmal Mitleid mit ihm«, setzte David vorsichtig an, doch Marion widersprach ihm sofort. »Wieso Mitleid? Hast du seine Butterbrotdose schon mal gesehen? Die ist voll mit Schokoriegeln und Mars und Nüssen.«

Ja, dachte David, es war traurig, wenn die Mutter einen mästen wollte. Er hielt seinen Mund.

Auf dem Nachhauseweg stritten sie sich wegen der Englischarbeit, da Marion der Meinung war, dass sie alle ein paar Fehler machen mussten, sonst würde es zu sehr auffallen. Doch damit war Yussef, der eine Eins schreiben wollte, überhaupt nicht einverstanden. Die Eins konnte er gut gebrauchen, da er bereits eine Fünf und Sechs in Englisch stehen hatte, und wenn er nur eine Zwei oder Drei schrieb, kam er über eine Vier nicht hinaus, und damit war ihm auch nicht geholfen.

Niels stimmte Marion zu und meinte, dass Herr Reuter die nächste Klassenarbeit dann extra schwer machen würde, wenn jetzt alle eine gute Note hätten. Er wollte Davids Meinung hören, aber der war mit seinen Gedanken ganz woanders. Er sah nämlich voller Sorge, dass sie zur Nassauer Straße kamen, wo Vera links abbiegen musste, und dabei hatte er sie immer noch nicht gefragt.

»Na und?«, sagte Vera. »Soll er sie doch extra schwer machen. Wir wissen doch jetzt, wie wir vorher an die Arbeiten kommen, nicht wahr, Yussef? Dann haben wir wenigstens was von deiner Computersucht. Bis morgen.« Vera verabschiedete sich von den anderen.

»He, du musst doch auch da lang!« Niels stieß David unbemerkt an. »Du isst doch heute bei deiner Tante.«

David konnte sich ein Lachen kaum verkneifen. »Stimmt.« Und er fuhr hinter Vera her.

Wenn er Vera fragen wollte, ob sie mit ihm gehen wolle, musste er es jetzt tun. David zählte bis drei. Eins, zwei . . .

In dem Moment fing Vera von ihrem Jazztanz an und erzählte, dass sie jetzt auch samstagsmorgens üben musste, weil fürs Frühjahr ein Auftritt geplant war. »Wenn du kommen möchtest . . . es gibt noch genug Karten«, sagte sie. Wie nett, dass sie ihn einlud. David geriet ins Träumen und sah sich bereits in der ersten Reihe sitzen. Endlich konnte er

Vera einen ganzen Nachmittag anschauen, ohne dass er aufpassen musste, ob jemand es bemerkte . Er nahm natürlich Blumen für sie mit, und wenn sie wollte, konnten sie hinterher eine Wanderung am Strand unternehmen . . .

»Ich sag dir noch Bescheid, wenn es so weit ist«, hörte er Vera sagen. »Den anderen in der Klasse natürlich auch. Bis morgen.« Weg war sie.

Das würde ein romantischer Ausflug mit der ganzen Klasse werden, dachte David bissig. Diese Fahrt war auch wahnsinnig romantisch . . . Jetzt konnte er das ganze Stück zurückradeln.

Als er sicher war, dass Vera ihn nicht mehr sehen konnte, wendete er.

4 Heute Morgen kam David mal wieder nicht aus dem Bett, und um die Zeit reinzuholen, verbesserte er seinen eigenen Rekord: in sieben Minuten duschen, Zähne putzen, anziehen und Butterbrote schmieren. Seinen Rucksack hatte er gestern Abend bereits gepackt, aber das war auch das einzig Gute am letzten Abend gewesen.

Dabei hatte er sich fest vorgenommen, besonders gut für Biologie zu lernen, weil er schon den letzten Test vergeigt hatte. Direkt nach dem Abendbrot hatte er sich an seinen Schreibtisch gesetzt und das Kapitel zehnmal durchgelesen, aber es war nichts hängen geblieben, es klappte einfach nicht, denn ständig waren seine Gedanken zu Vera gewandert.

Natürlich konnte er sich im Sekretariat einen Entschuldigungsvordruck holen, aber dann musste seine Mutter einen Grund angeben, warum er nicht gelernt hatte. David sah das missmutige Gesicht von Frau Grün schon vor sich, wenn er das Schreiben abgab. Nein, dann konnte er es besser selbst vorlesen. »Sehr geehrte Damen im Sekretariat, wegen der akuten Verliebtheit meines Sohnes in Vera Teunisse konnte er die Hausaufgaben nicht machen.« Lachend lief er nach unten. »Mama, könntest du mir eben eine Entschuldigung schreiben, dass ich mich gestern Abend nicht wohlfühlte? Ich sehe gerade, dass ich vergessen habe, für Biologie zu lernen.«

Davids Mutter eilte mit einer geöffneten Tasche und einem Stapel Papieren unterm Arm aus dem Zimmer. »David, ich bin spät dran.«

»Ich schreib's selber«, sagte David. »Du musst nur eben unterschreiben.«

»David, bitte!« Seine Mutter machte ein Gesicht, als würde sie jeden Moment explodieren, doch damit konnte sie David nicht im Geringsten beeindrucken, so ein Gesicht machte sie in letzter Zeit häufiger.

Gerade als David sie fast zur Unterschrift überredet hatte, klingelte das Telefon. David rannte hin. Vielleicht hatte er Glück und die Stunde fiel aus, dann brauchte er auch die Entschuldigung seiner Mutter nicht mehr.

»Guten Morgen«, schallte ihm die muntere Stimme seiner Oma entgegen.

Oh nein! David hielt die Hand über den Hörer. »Ihre königliche Hoheit ist dran.« Aber seine Mutter überhörte ihn einfach. »David, ich geh jetzt!«, rief sie laut.

»Ich höre, meine Tochter ist noch zu Hause«, sagte Oma. »Gib sie mir mal eben!«

»Nein, Oma, Mama hat jetzt keine Zeit, sie ist spät dran.« David machte seiner Mutter ein Zeichen, ruhig zu gehen, doch sie eilte zum Telefon und nahm ihm den Hörer aus der Hand.

»Was ist, Mutter?«

David ärgerte sich. Sie tat immer, was ihre Mutter sagte, selbst wenn sie dadurch zu spät zur Arbeit kam. Um sie zu nerven, hielt er Stift und Papier hoch. »Für deinen Sohn hattest du keine Zeit, wie?«

Sein Blick fiel auf die Uhr, und er entdeckte mit Schrecken, dass es schon Viertel nach acht war.

Dann eben keine Entschuldigung. Kaum eine Minute später saß er auf dem Rad und sauste aus der Ausfahrt, doch als er die Brücke erreichte, war Niels schon längst weg.

An der Garderobe traf er auf seinen Klassenkameraden. Niels und Marion informierten alle über die Englischarbeit und erzählten, dass man bei Yussef und Vera eine Kopie abholen konnte.

»Aber achtet darauf, dass sie nicht aus eurem Rucksack fällt«, warnte Niels. »Auch nicht versehentlich.«

Eine größere Überraschung hätte die Redaktion ihren Mitschülern nicht machen können.

»Mensch, Leute, da können wir Donnerstagabend ganz entspannt vor dem Fernseher sitzen.« Die Kopien wurden sorgfältig zwischen die Hefte gesteckt.

Sie kicherten und machten Witze über ihre guten Noten, doch als Jochen sich näherte, wurde es plötzlich still.

Jochen sah, dass Kopien verteilt wurden, und hielt automatisch seine Hand auf. David dachte kurz daran, ihm auch eine zu geben, doch als Yussef in Jochens Hand pustete, drehte er sich um und ging.

Es klingelte zum zweiten Mal, und auf dem Gang beeilten sich alle Schüler, in ihre Klassen zu kommen. Nur die 8 b schlenderte langsam in den zweiten Stock hinauf, als wollte sie mit Absicht zu spät kommen, denn schließlich wusste sie nur zu gut, dass Herr Hoek sich nicht traute, etwas zu sagen. David hatte schon seit Längerem das Gefühl, dass er Angst vor seinen Schülern hatte. In den letzten zwei Jahren hatten sie Biologie bei Frau Scheuz gehabt, doch leider hatte sie die Schule verlassen und war durch Herrn Hoek ersetzt worden. Was für ein Gewinn! Er war erst ein halbes Jahr an der Schule, doch David glaubte nicht, dass er lange bleiben würde, denn für ihn musste es die Hölle sein; er schaffte es nicht durchzugreifen und wurde von allen schikaniert, auch von der 8 a, der Vorzeigeklasse von Herrn Reuter. David konnte mit Hoek kein Mitleid empfinden, weil er nichts unternahm, um Respekt zu erlangen. Und dann erst seine Kleidung! Sein Hose schlackerte wie ein Sack, und die Pullover, die er trug, konnten direkt ins Museum. Auch sein Klassenzimmer war so langweilig wie er selbst; die Wände waren vollkommen kahl. Wenn man sich dagegen das Zimmer von Dick Brath ansah, da hingen überall Poster von James Bond, fast wie im Kino.

Vor einiger Zeit hatten sie in Hoeks Klassenzimmer Fotos aus dem *Playboy* aufgehängt. Das Gesicht von Hoek, als er hereingekommen war . . . Sein gesamter Körper hatte angefangen zu zittern, aber er hatte nichts gesagt, und die ganze Stunde über hatte er mit feuerrotem Kopf hinter seinem Pult gesessen, und jedes Mal, wenn er aufgeschaut hatte, hatte er vor Aufregung gestottert. Leider hatten sie danach eine Vertretungsstunde, Herr Schwarz war zu ihnen gekommen und hatte natürlich alles mitbekommen.

Zur Strafe mussten sie nachmittags eine Stunde nachsitzen. Das war nicht der Hit gewesen, aber sie hatten trotzdem ihren Spaß gehabt.

Hoek konnte nicht durchgreifen, und unterrichten konnte er auch nicht. Wenn man krank war, verpasste man nichts, da er sowieso immer das erzählte, was im Buch stand. Er hatte eine derart monotone Stimme, dass jeder einschlafen musste. Außerdem roch er aus dem Mund, und es war typisch für ihn, dass er ihre Namen nicht kannte. Wenn er jemandem etwas verbieten wollte, musste er erst auf dem Sitzplan nachsehen.

Als sie die Klasse betraten, saß Herr Hoek bereits hinter seinem Pult.

»Oh, was haben Sie für einen bildschönen Pullover an«, sagte Maike spottend. »Hat Ihre Mutter den gestrickt?«

Herr Hoek bedeutete ihr mit der Hand, sich zu setzen.

»Sie müssen Ihre Butterbrote aufessen«, sagte Leon, als er die Butterbrotdose auf dem Pult stehen sah. »Sonst werden Sie kein großer Junge.«

Die Klasse überschlug sich vor Lachen.

»Das reicht jetzt.« Mit einem roten Kopf blätterte Herr Hoek das Klassenbuch durch, und als er die Aufgaben für heute nachgelesen hatte, blickte er auf seinen Sitzplan.

»David«, sagte Herr Hoek.

David schrak zusammen. Hätte er doch besser die Entschuldigung mitgenommen, doch als er zu einer Erklärung ansetzen wollte, sah er, wie Herrn Hoeks Blick auf Niels ruhte.

Das kam natürlich, weil sie die Plätze getauscht hatten.

»David«, fragte Herr Hoek milde, »hast du gelernt?«

»Ja, Herr Hoek.«

Herr Hoek stellte vier Fragen, und auf jede wusste Niels die richtig Antwort. In der Klasse wurde unterdrücktes Lachen laut.

»Okay, David.« Herr Hoek machte eine Notiz in sein Buch.

»Danke«, flüsterte David.

»Der Idiot lernt es nie«, grinste Niels.

»Solange Vera das nicht macht, finde ich es prima.« David lachte nervös.

»Niels«, sagte Herr Hoek nun. »Wenn du das alles so witzig findest, kannst du uns auch zeigen, was du weißt.«

David bekam einen knallroten Kopf. »Ich äh . . . ich habe nicht gelernt, Herr Hoek. Ich hatte keine Zeit.«

Wenn man das bei Herrn Reuter sagte, bekam man umgehend eine Strafpredigt zu hören: Dass man seine Arbeit ordentlich erledigen müsste, sonst könnte man gleich die Regale im Supermarkt nachfüllen.

Doch Herr Hoek scharrte bloß unruhig mit seinen Füßen unter dem Pult. »Ja äh«, stammelte er. »Dann tut es mir wirklich leid, Niels. In dem Fall muss ich dir leider eine Ungenügend geben.«

Mit einem theatralischen Gesicht schrieb er eine Sechs hinter Niels' Namen.

»Tut mir leid«, flüsterte David. »Aber du hattest eine Zwei plus für deinen Test, das war ein bisschen übertrieben, wenn du ehrlich bist.«

»Die Sache ist auch ein bisschen übertrieben.« Niels versetzte David einen Klaps mit dem Buch.

»Nichts anmerken lassen«, warnte Remco, bevor sie zur Englischstunde gingen.

Herr Reuter schrieb die Fehlenden auf und sah sich anschließend in der Klasse um. »Habt ihr noch Fragen zu der Arbeit am kommenden Freitag?«

Einige Schüler rutschten unruhig auf ihren Stühlen hin und her, andere begannen nervös zu husten.

»Also ist euch alles klar«, sagte Herr Reuter. »Das gibt ja dann bestimmt gute Noten.«

Jochen hob seinen Finger. »Herr Reuter, heute Morgen wurde ein Papier ausgeteilt, aber ich habe keines bekommen.«

»Was meinst du, Jochen?« Herr Reuter zog seine rechte Augenbraue hoch. »Soweit ich weiß, hab ich nichts verteilen lassen.«

Was war Jochen doch für ein Trottel. David kniff den Mund zusammen. Wusste Jochen etwa nicht, welche Konsequenzen so eine Frage haben könnte? Warum hielt er nicht seinen Mund? Hoffentlich schöpfte Reuter keinen Verdacht, sonst konnte Jochen sich auf was gefasst machen.

Glücklicherweise rettete Sanne die Situation. Sie hatte stets eine gute Ausrede parat.

»Ich weiß, was er meint. Ich habe heute Morgen einen Zettel vom Ballett ausgeteilt, allerdings konnte ich nicht ahnen, dass Jochen auch mitmachen möchte.«

»Der tanzende Fettquabbel.« Justin setzte noch einen drauf.

Wie nett von ihnen, dachte David und blickte Herrn Reuter an. Es würde ihn überraschen, wenn der was sagte. Paul Nobbe hätte das nie zugelassen. Darum wurde Jochen in den Niederländischstunden auch nie gepiesackt, das trauten sie sich nicht, aber bei Herrn Reuter konnte man so was sagen, der machte einfach mit seiner Stunde weiter. Er ging nie auf irgendwas ein, auch nicht damals, als Maike heulend dagesessen hatte, weil ihre Mutter sehr krank gewesen war. Dafür würde er nicht bezahlt, pflegte er zu sagen. Als wäre man nur wegen der Bezahlung Lehrer geworden. Wenn Paul Nobbe sich auch so verhalten würde, gäbe es keine Schülerzeitung und kein Komitee fürs Schulfest.

»Nun, Jochen«, meinte Herr Reuter freundlich. »Das Missverständnis ist damit gelöst, und du kannst dich ruhigen Gewissens auf deine Arbeit vorbereiten.«

Und du auf deinen geheiligten Unterricht, du alter Sack!, dachte David.

Die Klasse atmete erleichtert auf, aber Sanne beließ es nicht dabei, und auch ein paar andere waren wütend, weil Jochen sie beinahe verraten hätte.

»Wir lassen die Luft aus seinen Reifen«, sagte Leon, als es zur Pause klingelte.

»Ja, soll er doch nach Hause laufen. Ist gut für die Linie«, pflichteten die anderen ihm bei.

Zusammen liefen sie zu den Fahrradständern.

»Dieses blaue Mountainbike gehört Jochen.« Emil bückte sich, um das Ventil aufzuschrauben, doch Justin schob ihn zur Seite.

»Ja, und dann holt er sich beim Hausmeister eine Luftpumpe. So einfach kommt unser Schwein nicht davon.« Justin holte sein Taschenmesser heraus und durchstach beide Reifen.

Als sie in der Pause ihre Französischvokabeln durchgingen, merkte David, dass er sein Buch vergessen hatte.

»Na und?«, sagte Niels. »Wir lassen Rüblitörtchen erst mal

reden. Ist vielleicht irgendwo eine Umweltkatastrophe passiert?«

»Du musst sagen, dass du die Rüblitorte nachgebacken hast, die sie vorige Woche ausgegeben hat, dann vergisst sie alles«, sagte Yussef.

»Bäh.« Angeekelt verzogen alle das Gesicht.

»Meine Oma ist schuld«, erklärte David. »Die hat heute Morgen wieder angerufen, sonst hätte ich mein Buch mit Sicherheit eingepackt.«

»Du musst Rüblitörtchen fragen, ob deine Oma biologisch abbaubar ist«, spottete Niels. »Dann wirst du sie endlich los.«

»Da kommt sie.« Vera zeigte nach draußen, wo Frau Baumer flötend den Gang entlangkam.

»Sie trägt schon wieder ihre geliebten Sandalen«, sagte Yussef, »dabei sind es gerade mal drei Grad über null, Leute.«

David durchwühlte nochmals seine Tasche. »Wirklich blöd von mir.«

Sanne zeigte auf Jochen, der am Süßwarenautomat stand. »Ich hab ein Buch für dich.« Und sie griff in Jochens Rucksack, der neben ihr lag, und fischte sein Französischbuch heraus. »Bitte sehr.«

»Nein«, sagte David. »Das möchte ich nicht.«

»Ist der blöd!« Die meisten in der Klasse tippten sich an die Stirn. »Willst du etwa morgen eine Stunde früher kommen?«

»Rüblitörtchen kann es absolut nicht leiden, wenn man sein Buch vergisst«, sagte Vera.

»Mach die Tasche auf!« Justin öffnete Davids Tasche und stopfte das Buch hinein.

Jochen hatte nichts gemerkt, und als er zu Beginn der Französischstunde sein Buch aus der Tasche nehmen wollte, es aber nicht finden konnte, leerte er voller Panik seinen ganzen Rucksack aus.

»Hast du etwa dein Buch vergessen, Jochen?« Frau Baumer zückte bereits ihren Stift.

Mit einem roten Kopf kam Jochen wieder hoch. »Das versteh ich nicht. Ich weiß sicher, dass ich es in die Tasche gepackt habe.«

»Du weißt, was das bedeutet. Sind noch mehr da, die ihr Buch vergessen haben?« Frau Baumer blickte sich in der Klasse um. David lief rot an. Am liebsten hätte er Jochen das Buch zurückgegeben und seinen Finger gehoben, doch dann würden die anderen ihn Weichei schimpfen, das wusste er.

»Nun, Jochen, dann bist du der Einzige, der mir morgen früh um acht Gesellschaft leistet.« Frau Baumer notierte seinen Namen. »Du weißt, dass ich ziemlich viel vertrage, aber wenn du dein Buch vergisst . . .«

»Oder wenn wir Chips essen«, warf Niels dazwischen.

»Chips . . .«, rief Frau Baumer. Sie machte ein Gesicht, als hätte er Arsen gesagt. »Wisst ihr eigentlich, was da alles drin ist?«

Prima, dachte David. Die redete fürs Erste. Abfragen würde sie die Klasse heute nicht mehr.

5 Seufzend saß David über seinen Französischvokabeln. Er konnte verstehen, warum man Englisch lernen musste, das wurde schließlich auf der ganzen Welt gesprochen. Aber Französisch . . .

»Wie willst du dich sonst in Frankreich verständigen?« David hörte seinen Vater reden. »Früher in der Schule war es meine Lieblingssprache.«

Nun, das hatte David gemerkt, denn als sie im Urlaub nach dem Weg zum Campingplatz fragten, hatte niemand verstanden, was sein Vater sagte. Sie hatten fast ganz Frankreich kennengelernt, bevor sie auf dem Campingplatz angekommen waren. Und das auch nur, weil seine Mutter die Sache in die Hand genommen hatte, und als sein Vater sich an der Rezeption anmelden wollte, guckten ihn alle an, als spräche er Japanisch. David hatte vorsichtshalber seinen Mund gehalten, denn sein Vater konnte sehr schlecht Kritik vertragen.

David verdeckte mit seiner Hand die linke Reihe Vokabeln. Noch ein Durchgang, dann hörte er auf. Mit einer Drei wäre er sehr zufrieden und Frau Baumer sicher auch, denn sie wusste, dass David Französisch schwierig fand. Bei seiner letzten Drei hatte sie für ihn gesungen. Wie sie vor seinem Tisch gestanden hatte! . . . Die ganze Klasse hatte sich zwar schlappgelacht, doch sie hatte unbekümmert weitergesungen, die Spinnerin. David mochte sie.

Er nahm das Buch und ging ins Wohnzimmer. »Mama, kannst du mich die Französischvokabeln abfragen?«

Seine Mutter sah von ihrer Arbeit auf. »Ist es viel?«

»Diese zwei Seiten«, sagte David. »Ich bin sicher, dass wir einen Test schreiben. Frau Baumer meinte in der letzten

Stunde, wir sollten besonders gut lernen, und da weiß man gleich Bescheid.«

»Eigentlich muss ich diesen Bericht hier zu Ende schreiben«, sagte seine Mutter. »Und anschließend habe ich einen Termin mit einem Kunden. Können wir es auf heute Abend verschieben? Oh nein, da muss ich zu einer Versammlung.«

»Wie ist es mit heute Nacht?«, fragte David. »Das wird dann ein guter Artikel für die Schülerzeitung: Sohn von Karriere-Eltern wird nachts abgefragt.«

»Du hast recht. Es ist wirklich blöd. Setz dich.« Seine Mutter nahm das Buch. »L'église«, begann sie.

»So nicht«, unterbrach David sie. »Wir müssen es andersherum wissen.«

»Also gut. Die Kirche.«

Sie mussten beide lachen.

»L'église«, antwortete David. »Gut, nicht?«

»Nun der Rest.« Seine Mutter fragte die Vokabeln durcheinander ab, und David wusste nur zwei Wörter nicht.

»Wenn du es morgen auch so gut machst, bekommst du wieder ein Lied zur Belohnung.«

»Oh, daran erinnerst du dich noch?«, fragte David. »Das ist prima.«

Seine Mutter ging nicht darauf ein. »Ich finde, dass du eine gute Aussprache hast«, sagte sie.

»Hab ich von Papa«, lachte David.

Seine Mutter klappte das Buch zu. »Noch mehr Hausaufgaben?« Bevor er antworten konnte, zeigte sie auf das Etikett auf dem Buch. »Ist dir aufgefallen, dass du Jochens Buch hast?«

David merkte, wie er rot wurde. Wie konnte er ihr das erklären? »Ich habe es heute Morgen ausgeliehen.«

»Dann wirst du es zurückgeben müssen«, sagte seine Mutter.

»Ja, mach ich morgen.« David wollte gehen, aber so schnell kam er nicht davon.

»Morgen? Wie soll der Junge seine Vokabeln lernen?«

»Ich fahr doch nicht extra wegen der blöden Vokabeln zu ihm«, entgegnete David. »Ich weiß nicht mal, wo er wohnt.«

Energisch schüttelte sie mit dem Kopf. »Also wirklich, David, das finde ich nicht korrekt. Du sagst, dass du es geliehen hast; dann musst du es auch rechtzeitig zurückgeben. Oder soll er es sich abholen?«

Seine Mutter holte die Namensliste aus der Schublade und ließ ihren Blick über die Namen gleiten. »Aha, hier haben wir ihn schon. Jochen heißt doch Steenman?«

»Kann sein.«

»Dann wohnt er in der Emmenallee Nummer 17. Du hast Glück, ich muss sowieso noch zur Bücherei, und die ist dort direkt an der Ecke.«

Vor Schreck ließ David beinahe sein Buch fallen und sah die Szene schon vor sich: »Oh, Ihr Sohn hat also das Buch aus Jochens Tasche geholt. Jochen war sich sicher, dass er es dabeihatte. Wissen Sie, dass Jochen wegen David morgen um acht Uhr in die Schule muss?« Und wenn seine Mutter dann auch noch von den zerstochenen Reifen erfuhr, würde sie explodieren, das wusste David. Sie war in der Lage, Preukmer, den Schuldirektor, anzurufen, auch wenn sie noch so viel zu tun hatte, und sie würde ihm erzählen, dass Jochen schikaniert wurde und dass die Schule nun endlich etwas dagegen unternehmen müsse. So war seine Mutter. Darum war es ihm auch unverständlich, dass sie sich nicht traute ihrer eigenen Mutter zu widersprechen.

David musste verhindern, dass seine Mutter anrief. Sanne, Justin und Remco würden zum Direktor bestellt werden und vielleicht sogar einen Verweis bekommen. Nun, dann konnte er besser gleich von der Schule gehen.

»Ich bring's selber vorbei«, sagte David. »Dann kann ich Jochen gleich noch was wegen Mathe fragen, denn ich kapier ein paar Aufgaben nicht. Und anschließend fahr ich noch zu Niels.«

»Von mir aus, aber sorg dafür, dass der Junge sein Buch zurückbekommt.« Schon war seine Mutter wieder in ihren Artikel versunken.

Quietschend fuhr David aus der Einfahrt. Er musste sein Rad wirklich dringend ölen. Jeder schaute sich schon nach ihm um. Was würde Niels lachen, wenn er ihm erzählte, dass seine Mutter verlangt hatte Jochen das Buch zurückzubringen.

Aber Niels würde ihn deswegen nicht aufziehen, denn schließlich wusste er nur zu gut, dass David nicht immer tat, was seine Mutter wollte. Sonst hätte er längst ihrem Wunsch entsprochen und wäre einem Chor beigetreten. Seit ein paar Monaten lag sie ihm damit in den Ohren: »Du hast so eine prächtige Stimme. Es ist wirklich ein Jammer, dass du nichts damit machst.« Schade um seine prächtige Stimme, aber dazu hatte er nun wirklich keine Lust. Er brachte das Buch nicht zurück, weil seine Mutter es wollte, sondern weil er fand, dass sie recht hatte. Seinetwegen musste Jochen morgen früh bereits um acht Uhr in der Schule sein und handelte sich wahrscheinlich auch noch ein Ungenügend für seinen Französischtest ein.

David fuhr auf die andere Straßenseite. Was sollte er sagen? Er konnte Jochen schlecht erklären, dass Sanne ihm das Buch aus der Tasche geklaut hatte. Was passierte, wenn Jochen sich bei der Baumer beschwerte?

Als er an der Ampel wartete, kam ihm die Idee. Er konnte das Buch einfach bei Jochen in den Briefkasten werfen, dann wusste Jochen nicht, von wem es kam. Wahrscheinlich war es ihm auch egal, solange er sich wenigstens auf den Französischtest vorbereiten konnte.

David suchte die Hausnummer. Emmenallee zwei, dann war Nummer 17 auf der anderen Seite. Er beschloss, sein Rad bei der Bücherei abzustellen. Wenn er es bei Jochen vor der Tür stehen ließ und der zufällig nach draußen sah, erkannte er das Rad natürlich sofort. Die alte Klapperkiste kannte schließlich jeder.

David hatte vor einiger Zeit dringend ein neues Fahrrad gebraucht und von seinen Eltern Geld dafür bekommen. Als er an der Pinnwand im Supermarkt ein Angebot für ein Lieferfahrrad gesehen hatte, hatte er es sofort gekauft, aber seine Eltern konnten natürlich nicht verstehen, warum er sein Geld für so ein altmodisches Ding ausgab.

Altmodisches Ding! In der Schule hatten sie es alle bewundert. Marion hatte sofort eine Probefahrt machen wollen, und als Vera es gesehen hatte, war sie total begeistert gewesen.

David stellte sein Rad gegen einen Baum und lief über die Straße. Versteckt hinter geparkten Autos, schlich er zur Nummer 17 und sah verstohlen durch die grüne Hecke. Zumindest war niemand im Garten. Mit dem Buch in der

Hand hastete er den Weg entlang zum Haus, doch in dem Moment, als er die Klappe des Briefkastens öffnete, ging die Tür auf.

Hilfe, dachte David. Er konnte das Buch schlecht hinlegen und wegrennen.

»Du willst bestimmt zu Jochen.« Eine dicke Frau streckte ihm ihre Hand entgegen. »Ich bin Jochens Mutter.«

»Ich bin David«, sagte er leise und wagte es kaum, seinen Namen auszusprechen, denn in Gedanken hörte er Frau Steenman schon sagen: »Oh, David, den Namen habe ich schon mal gehört. Du bist doch der Quälgeist, wegen dem Jochen neulich umsonst zur Schule gekommen ist?«

Doch sie stellte keine Fragen. »Komm herein.« Sie öffnete einladend die Tür. David musste wohl oder übel eintreten.

»Jochen!«, rief Frau Steenman die Treppe hinauf. »Es ist Besuch für dich da.« Und zu David sagte sie: »Nimm Platz. Was möchtest du trinken?«

Da David nicht gleich antwortete, sagte sie: »Keine falsche Zurückhaltung, ich habe alles im Haus.«

»Dann bitte eine Cola«, sagte David.

In diesem Augenblick kam Jochen ins Zimmer, dicht gefolgt von einem Hund. David war an Durak, den Hund seiner Oma, gewöhnt. Wenn jemand Fremdes hereinkam, fing das Vieh schrecklich an zu bellen, doch Jochens Hund drückte sich ängstlich an sein Herrchen.

»Er ist ein bisschen scheu«, sagte Jochen und streichelte ihm über den Kopf. »Schnupper du ruhig, Simbad, David tut dir nichts.«

»Ich äh . . . ich fand plötzlich dein Französischbuch in meiner Tasche«, sagte David. »Ich musste noch zu Niels, da dachte ich: Ich bring es eben vorbei.«

Noch bevor Jochen etwas fragen konnte, brachte seine Mutter zwei Gläser Cola und eine Schüssel Chips herein.

»Gefällt es dir auch so gut in der Achten, David?«, wollte sie wissen.

»Ja, Frau Steenman.«

»Nun, mit Jochen läuft es Gott sei Dank ganz gut. Darüber bin ich wirklich froh. In der Grundschule wurde er ständig schikaniert, nicht wahr, Jochen? Er hat bestimmt drei-, viermal die Schule gewechselt, und letztes Jahr war es auch eine Katastrophe, aber das ist glücklicherweise vorbei. Ich höre Jochen nicht mehr klagen, und anscheinend hat er schon einen Freund gefunden.«

Mit strahlendem Gesicht verschwand sie wieder in der Küche.

David wusste nicht recht, was er sagen sollte. Einerseits war er erleichtert, dass Jochens Mutter nichts von den Hänseleien wusste, andererseits fand er das etwas merkwürdig. Warum erzählte Jochen seinen Eltern nichts davon? Es war wahrscheinlich besser, ihn nicht danach zu fragen.

»Ist das dein Hund?«, wandte er sich an Jochen, nur um etwas zu sagen.

»Zur Hälfte«, antwortete Jochen. »Er gehört auch Nienke.«

»Nienke?«, fragte David. »Nienke van Löw aus der 8 c?«

»Nein, Nienke de Graaf«, erklärte Jochen. »Du kennst sie nicht. Sie wohnt in Zandvoort.«

Witzig, dachte David. Ein Arbeitskollege seines Vaters hieß auch de Graaf, aber der wohnte nicht in Zandvoort.

»Sie hat früher neben uns gewohnt«, sagte Jochen. »Unsere Familien verreisen immer zusammen. Vor drei Jahren waren Nienke und ich in Italien, und da haben wir Simbad gerettet. Er lag angekettet auf einem Innenhof und war total abgemagert. Er hatte nichts zu trinken und sah so traurig aus, dass wir beschlossen haben, ihn zu befreien. Es war gar nicht so einfach, denn Simbad war nicht an Menschen gewöhnt. Deshalb sind wir jeden Tag zu ihm gegangen und haben mal Wurst mitgenommen, mal ein Stückchen Käse und haben ihm das Fressen zugeworfen. Jeden Tag ging es ein bisschen besser, und wir konnten immer näher kommen, bis wir nach acht Tagen die Kette aufgemacht und ihn mitgenommen haben.« Jochen streichelte dem Hund über den Rücken. »Wir haben dich versteckt, nicht wahr, in einem dunklen Bunker vor dem Dorf, denn dorthin schien nie jemand zu kommen. Wir mussten Simbad vor unseren Eltern verstecken, sonst hätten sie ihn zurückgebracht. Am letzten Tag, kurz vor der Abfahrt, haben wir ihn in einen Schlafsack gewickelt und hinten in den Kofferraum gelegt.

»Hat er nicht angefangen zu bellen?«

»Nein«, lachte Jochen. »Wir haben ihm eine Schlaftablette von meiner Mutter gegeben, und die wirkte, er war völlig weggetreten. Erst als wir ein ganzes Stück gefahren waren, haben wir es den Eltern erzählt.«

»Und was haben sie gesagt?«

»Mein Vater war wütend«, antwortete Jochen. »Aber er wollte auch nicht wieder umkehren und Nienkes Eltern auch nicht. Also durften wir ihn behalten. Simbad hat bei uns beiden gewohnt, bis wir umgezogen sind. Er blieb dann bei Nienke, weil sie ein großes Grundstück bei ihrem Haus hat, wo Simbad genug Auslauf hat. Und jetzt bist du wieder bei mir, nicht?« Jochen gab Simbad einen Klaps auf den Rücken.

»Ja«, sagte Jochens Mutter, die in ihrer Jacke ins Zimmer kam. »Als Jochen im letzten Jahr wegen der ständigen Hänseleien so traurig war, hat Nienke ihm zum Trost Simbad hiergelassen. Lieb von ihr, nicht? Nun, ich geh eben einkaufen. Tschüss, David, wir sehen uns sicher noch.«

David fühlte sich allein mit Jochen etwas unbehaglich und trank daher schnell sein Glas Cola leer, um bald gehen zu können.

»Tut mir leid wegen des Französischbuches«, sagte er, als er aufstand.

Jochen zuckte mit den Schultern. »Ich weiß, wie sie sind. Aber meine Mutter darf es nicht erfahren. Ich will ihr keinen Kummer bereiten. Letztes Jahr hatte sie einen leichten Herzinfarkt, denn sie hat es sich sehr zu Herzen genommen, dass ich in der Schule geärgert wurde. Darum erzähle ich es ihr auch nicht mehr, und sie ahnt natürlich auch nicht, dass sie meine Reifen zerstochen haben. Ich habe gesagt, ich sei durch einen Nagel gefahren. Das Geld für neue Reifen hole ich von meinem Sparkonto, dann merkt sie nichts.«

»Du kannst also mit niemanden darüber reden«, sagte David.

»Ich führe Tagebuch«, antwortete Jochen. »Da schreib ich alles rein, das hilft auch. Und ab und zu gebe ich es Nienke zum Lesen.«

»Was für 'n Mist«, sagte David. »Ich meine, dass sie dich piesacken.«

Einen Moment schwiegen beide. Dann erschrak David über Jochens Augen, die plötzlich so gleichgültig blickten, und über seine distanziert klingende Stimme, die sich anhörte, als spräche er über jemand anderen.

»Sie haben ja recht, wenn sie mich schikanieren. Ich trau mich selbst nicht mehr in den Spiegel zu schauen. Was bin ich schon? Ein Fleischklumpen, ein blödes Stück Fleisch, das nichts kann.«

Das war es, was David am schlimmsten fand. Noch auf dem Rad musste er immer wieder an Jochens Worte denken. Wie konnte jemand so von sich sprechen? Er bog links ab und fuhr unter der Brücke hindurch. Er hatte keine Lust mehr, noch bei Niels vorbeizuschauen.

6 Es war Samstagmorgen, kein Wecker, der klingelte, keine Mutter, die einen weckte. David hatte bis elf Uhr geschlafen. Das ganze Wochenende lag vor ihm, ohne schwachsinnige Unterrichtsfächer und langweilige Lehrer. Das musste eigentlich reichen, um gute Laune zu haben.

Stattdessen saß er auf seinem Bett und starrte mit düsterem Gesicht vor sich hin. Er hatte ein komisches Gefühl im Magen und sehnte sich heimlich nach Montag, denn zwei Tage ohne Vera würden ihn umbringen. Ihm fiel plötzlich ein, dass er bisher jedes Wochenende einen Vorwand gesucht hatte, um sie zu sehen. So hatte er einmal vorgeschlagen, Werbung für die Schülerzeitung zu verteilen, oder er hatte sich mit Niels und Marion zum Joggen verabredet, weil er wusste, dass Vera dann auch mitkam. Und vor drei Wochen hatte Marion ihren Geburtstag gefeiert. Doch diesmal sah es schlecht aus. Sosehr er sich auch anstrengte, ihm fiel einfach nichts ein. Kurz dachte er daran,

Vera anzurufen und ihr zu sagen, er habe sein Mathebuch in der Schule liegen lassen und wolle die Aufgaben aus ihrem Buch abschreiben, aber das war viel zu auffällig, denn Niels und Yussef wohnten viel näher als sie. Er konnte sagen, die beiden wären nicht zu Hause, doch so eine Ausrede fiel meistens auf, und dann stand er blöd da.

Er seufzte. Irgendwann musste er Vera fragen, ob sie mit ihm gehen wollte. Dann konnte er wenigstens die Wochenenden wieder richtig genießen.

Vielleicht konnte er sie an einem Samstag ins Tanzstudio begleiten, und auch für den Sonntag hatte er schon ausreichend tolle Ideen. Er hätte ihr längst sagen sollen, dass er in sie verliebt war, das nahm er sich zwar jedes Mal vor, aber immer kam etwas dazwischen.

David zupfte an seinem Pullover. Sollte er heute Nachmittag bei ihr vorbeifahren? Den Gedanken verwarf er sofort wieder. Letztes Mal hatte ein Jungenrad im Garten gestanden, und sein ganzes Wochenende war im Eimer gewesen, weil er geglaubt hatte, Vera habe einen Freund. Und von Marion hatte er später gehört, dass Veras Cousin bei ihnen übernachtet hatte.

Nein, es war besser, bei ihr vorbeizufahren und es ihr zu sagen.

Mit einem Satz sprang David auf. Er wusste schon, wie er es anpacken musste. Er schrieb ihr einen Brief und warf ihn in ihren Briefkasten, dann hatte sie ihn heute noch.

Er nahm Stift und Papier und setzte sich an seinen Schreibtisch.

»Liebe Vera«, schrieb er, aber ein paar Sekunden später strich er die Worte wieder durch. Was sollte das: Liebe . . . Das schrieb man auf eine Karte an seine Eltern.

BABE, I LOVE YOU, schrieb er in Großbuchstaben und dann: I AM DYING WITHOUT YOU.

Also wenn man so einen Brief bekam, dachte David. BABE, I LOVE YOU. I AM DYING WITHOUT YOU, DAVID. Wetten, dass sie ihn zum Psychiater schickten? Nein, das war auch nichts.

David kaute an seinem Stift. Es war zum Verrücktwerden! Er ging schon Ewigkeiten zur Schule und wusste nicht einmal, wie er einem Mädchen sagen sollte, dass er es mochte. Warum brachten sie einem so was nicht bei? Zwar hatte er eine Drei plus in seinem Französischtest, aber wenn er ein Examen in Sachen Liebe ablegen müsste, würde er durchfallen. Und seinen Vater brauchte er auch nicht zu fragen. »Papa, wie hast du das früher gemacht, als du verliebt warst?«

»Oh, mein Junge, dafür brauchte ich nichts zu tun, das ging von selbst.« Bei seinem Vater ging immer alles von selbst.

David unternahm einen zweiten Anlauf, um seine Gefühle für Vera zu Papier zu bringen, doch es gelang ihm nicht. Missmutig knüllte er das Blatt zusammen und warf es auf den Boden. Er war aufgeschmissen, denn er wusste absolut nicht, wie er es Vera sagen sollte. Vielleicht sollte er sich unter ihr Fenster stellen und singen. Das wäre ein guter Witz, dann bekäme seine Mutter ihren Willen, denn sie hätte es gern gesehen, dass er etwas mit seiner prächtigen Stimme machte.

»David, Niels ist am Telefon!«, klang die Stimme seines Vaters von der Treppe.

»Ich komme schon!« David rannte nach unten.

Was wollte der Verrückte bloß wieder? Hoffentlich fing er

nicht von den Hausaufgaben an! Die konnten bis morgen warten.

»He, Alter!«, brüllte Niels in sein Ohr. »Hast du schon Pläne für heute Abend?«

»Hab ich noch nicht, aber ich glaube, ich muss zum Notarzt. Bei deinem Geschrei platzt mir gleich das Trommelfell, Mann.«

»Tut mir leid«, sagte Niels. »Ich hab gerade beim *Cinema* angerufen. Sie haben noch Karten für heute Abend, und ich wollte dich fragen, ob du Lust hast mitzukommen?«

Bestimmt wollte Niels in diesen Horrorfilm, denn er redete die ganze Zeit von nichts anderem und hatte den Film schon dreimal gesehen. David mochte keine Horrorfilme, das musste sein Freund doch inzwischen wissen.

»Erst wollte ich allein mit Yussef gehen«, erzählte Niels. »Aber der hat auch Vera und Marion gefragt. Wir gehen vorher noch was trinken und ich dachte, dass du vielleicht mitmöchtest?«

Mit Vera ins Kino? David sprang fast durch den Hörer. Es war ihm egal, welcher Film lief, denn er würde sich nicht auf das Geschehen auf der Leinwand konzentrieren können, wenn er neben Vera saß, und dafür musste er unbedingt sorgen.

»Hört sich gut an, wo habt ihr euch verabredet?«

»Wir treffen uns um acht im *Speicher*«, sagte Niels. »Von da läuft man nur drei Minuten zum *Cinema*. Marion kommt direkt dahin und besorgt vorher schon die Karten. Ich find es klasse. Vielleicht können wir im *Speicher* noch eine Runde Billard spielen.«

»Hab ich mir fast gedacht«, lachte David. »Du gewinnst sowieso nicht gegen mich. Oder hast du heimlich geübt?«

»Warte es nur ab«, sagte Niels. »Nimm auf jeden Fall genug Geld mit.«

»Bis später.« David legte auf.

Pfeifend rannte er die Treppe hinauf. Also doch kein Wochenende ohne Vera. Er würde im Dunkeln neben ihr sitzen, und vielleicht brauchte er sie gar nicht mehr zu fragen, und es lief ganz von selbst. Er konnte froh sein, dass es ein Horrorfilm war, schließlich war Vera auch keine große Heldin. Wenn sie Angst bekam, würde er einfach seinen Arm um sie legen, und dann würde er direkt merken, ob sie das angenehm fand oder nicht. Komisch, er hätte nicht gedacht, dass Vera sich in den Film traute, er hatte von mehreren Leuten gehört, die während des Films aus dem Kino gegangen waren. Marion hatte sie bestimmt überredet, oder sie ging einfach der Geselligkeit wegen mit oder aus einem anderen Grund, genau wie er. Wenn das so war . . .

David stellte seinen Kassettenrekorder an und sang bei seinen Lieblingsliedern laut mit.

Seine Hausaufgaben konnten bis morgen warten. Dann kam seine Oma, und er hatte einen guten Grund, in seinem Zimmer zu bleiben. Das ewige Gerede über klassische Musik und Konzerte brauchte er sich dann nicht anzuhören. Letzte Woche war sie auch da gewesen und in der Woche davor auch. Sie lud sich fast jedes Wochenende selbst ein, und seine Mutter sagte nichts, denn sie fand, dass sie verpflichtet war, Oma zu empfangen, weil sie allein lebte.

Als ob es anders gewesen wäre, als Opa noch gelebt hatte, auch damals hatte sie beinahe jeden Sonntagmittag mit einer Pfanne voll Essen vor der Tür gestanden. Wirklich clever, denn so konnte seine Mutter nicht sagen, dass sie nicht mit ihnen gerechnet hatte.

Wenn Oma wenigstens nur sonntags käme und sie die übrige Zeit in Ruhe lassen würde . . .

David blätterte in seinem Aufgabenheft, um nachzusehen, ob er für Montag viele Hausaufgaben hatte. Für Englisch war nichts eingetragen, oder hatte er vergessen, es zu notieren? Mit einem Mal fiel es ihm wieder ein. Sie hatten Freitag die Arbeit geschrieben, da konnte er schon mal eine Eins in sein Heft schreiben. Vielleicht korrigierte Reuter genau in diesem Augenblick die Arbeiten. David hätte gern sein Gesicht gesehen, wenn er bei keinem von ihnen einen Fehler fand. Dabei hatte der Englischlehrer es am Freitag schon merkwürdig gefunden, dass alle so schnell fertig gewesen waren.

Vor allem bei Yussef war es aufgefallen, da die Schnecke seine Arbeit sonst nie rechtzeitig fertig bekam, und jetzt hatte er schon nach zwanzig Minuten seinen Stift hingelegt. Das war nicht sehr klug von ihm gewesen. Logisch, dass Reuter dem Ganzen misstraute. Allerdings hatte Justin recht, als er gemeint hatte, Reuter müsse erst mal beweisen, dass sie gemogelt hatten.

»David?« Seine Mutter kam ins Zimmer und setzte sich aufs Bett.

»Ich seh's an deinem Gesicht, ich muss sicher einkaufen gehen.«

»So was Ähnliches«, antwortete sie. »Oma hat gerade angerufen. Ob du eben eine Pflanze für sie wegbringen könntest.«

»Kann sie das nicht selber?«

»Sie ist anscheinend zu schwer.«

David seufzte. »Und sie ist natürlich wieder zu geizig, um sie bringen zu lassen.«

»Das kostet viel zu viel.«

»Na und?«, entgegnete David. »Als ob sie so arm wäre. Deswegen kann ich wieder meinen freien Nachmittag opfern.«

»Übertreibst du nicht ein bisschen? Du bist in einer Stunde wieder zurück.«

»Das denkst du. Sobald ich einmal bei Oma bin, komm ich nicht wieder weg. Ich hör sie schon quengeln. ›David, ich habe diese Woche so eine schöne Sonate eingeübt, die musst du dir unbedingt anhören. David, du verstehst doch so viel von Musik. Ja, du brauchst nichts zu sagen, du kannst so prächtig singen. Welches Stück findest du am besten für eine Trauerfeier? Ich spiel dir alle drei mal eben vor. David . . .‹«

»Hör auf«, lachte seine Mutter. »Ich weiß auch, wie sie ist. Du sagst am besten, dass du mit Niels verabredet bist. Du weißt doch: Verabredungen sind Oma heilig.«

David nickte.

»Du musst jetzt fahren. Oma wartet schon auf dich.«

»Ach, dein armes Mütterchen«, seufzte David. »Sie ist so allein, warum ziehst du nicht gleich zu ihr?«

Murrend zog er seine Jacke an.

Als Davids Oma die Tür öffnete, sprang Durak an David hoch. David drückte den Hund, der eigentlich das einzig Erfreuliche an den Besuchen bei Oma war, an sich. Durak rannte zu seinem Korb und holte seinen Knochen, denn er wusste nur zu gut, dass David immer mit ihm spielte, und knurrte, als David an seinem Knochen zerrte. Erst als der Hund müde wurde, ließ David den Knochen los.

»Sieh doch nur.« Oma zeigte David die Pflanze. »Findest du sie nicht prachtvoll? Meine Freundin hat heute Geburtstag. Heute Abend bin ich bei Els eingeladen, aber ich kann das schwere Teil unmöglich selbst im Bus mitnehmen, und da dachte ich an dein praktisches Rad. Du bringst die Pflanze sicher gern eben zum Kramerplatz.«

David seufzte. »Muss das Monstrum vorn auf den Gepäckträger? Dann kann ich doch nicht fahren.«

»Dann läufst du eben, du hast doch noch junge Beine. Oh, David, wo du sowieso gerade hier bist . . .«

»Tut mir leid, Oma«, antwortete er schnell. »Ich habe keine Zeit, um dir beim Klavierspielen zuzuhören. Ich muss gegen zwei bei Niels sein. Wir machen zusammen Hausaufgaben.«

Oma sah auf die Uhr. »Das schaffst du nie mit der Pflanze, mein Junge. Wie lange bist du bei deinem Freund?«

»Bis vier Uhr«, schwindelte David.

»Dann ist es besser, wenn du die Pflanze nach vier Uhr wegbringst.«

Das konnte nicht wahr sein! David suchte nach einer Ausrede. »Ich bring die Pflanze erst weg.«

Mit diesem Vorschlag war Oma ganz und gar nicht einverstanden. »Verabredung ist Verabredung. Dein Opa war auch immer pünktlich. Vier Uhr ist noch früh genug, und dann koche ich einen leckeren Tee, und wir können etwas Musik hören. Geh jetzt schnell, sonst kommst du noch zu spät.«

David lief nach draußen und nahm sein Rad. Dafür konnte er sich bei seiner Mutter bedanken. Jetzt musste er um vier noch mal zu Oma, aber das fiel ihm nicht im Traum ein! Er würde seinen Vater schicken, dann konnte der sich das prächtige Klavierspiel anhören. Davids Ohren schmerzten schon bei dem Gedanken an das Geklimper. Selbst wenn er eine Freundin hätte, die Klavier spielte, würde er machen, dass er schnell wegkam. Nun ja, Vera würde er es vielleicht zugestehen.

»Mama«, rief David nach unten. »Hast du mein weißes T-Shirt gewaschen?«

»Du gehst doch nicht im T-Shirt aus?«, fragte seine Mutter.

»Du tust, als wäre Hochsommer.«

»Es ist ganz warm!«

»Lass den Jungen doch«, hörte er seinen Vater sagen. »Er muss selbst wissen, wenn er erfrieren will. Von mir aus kann er nackt herumlaufen.«

»Dein T-Shirt steckt noch im Trockner«, sagte seine Mutter. »Ich habe es noch nicht gebügelt, und das schaff ich jetzt auch nicht mehr.«

David fischte sein T-Shirt aus dem Trockner. So stark war es nicht zerknittert, das konnte er anziehen. Doch als er sich im Spiegel betrachtete, überkamen ihn ernste Zweifel. Vielleicht stand ihm das blaue Hemd besser. Oder sollte er doch lieber seinen schwarzen Rolli anziehen . . . Er entschied sich für das weiße T-Shirt. Wenn Vera in ihn verliebt ist, fand sie ihn auch so nett.

David hatte noch nie so lange gebraucht, um sich fertig zu machen, aber heute kam ihm seine schwarze Jeans plötzlich viel zu weit vor, und seine Haare wollten auch nicht richtig liegen, obwohl er bestimmt eine halbe Tube Gel reingeschmiert hatte.

»Du hast ganz schön lange gebraucht«, meinte sein Vater,

als er endlich unten erschien. »Wann bist du wieder zu Hause? Sagen wir, so gegen halb elf?«

»Halb elf?«, rief David empört. »Das ist doch eine Zeit für Babys, dann ist der Film noch nicht mal aus. Ich geh dann in der Pause, auch gut.«

»Nein, Papa«, unterstützte ihn sein Bruder Rolf. »Das kannst du nicht machen. Als ich so alt war wie David, hast du mich nie vor zwölf gesehen.«

»Du hast sowieso immer getan, wozu du Lust hattest«, sagte sein Vater.

»Und bin ich nicht immer gut damit gefahren?«

»Okay, dann also halb zwölf«, beschloss sein Vater.

David streckte den Daumen hoch. »Danke, Brüderchen.« Und weg war er.

Durch die ganze Diskussion war es nun doch etwas spät geworden. Seine Uhr zeigte acht, allerdings hatte er sie extra zehn Minuten vorgestellt, um morgens rechtzeitig zur Schule zu kommen, auch wenn das bisher noch nie geholfen hatte.

David flitzte die Straße entlang. Der Nachteil dieser alten Kiste war, dass man nie richtig sprinten konnte. So kam er erst fünf nach acht beim *Speicher* an, doch zu seiner Verwunderung sah er nur Veras Fahrrad draußen stehen. Waren die anderen zu Fuß gekommen? Er betrat die Kneipe und entdeckte Vera, die allein an einem Tisch saß.

»Hallo.« David merkte, wie er rot anlief. Das fing ja gut an.

»Ich bin froh, dass du kommst«, sagte Vera. »Ich sitze hier mindestens schon eine Viertelstunde.«

»Ich verstehe nicht, warum die anderen noch nicht da sind«, sagte David. »Niels ist doch immer so pünktlich.«

»Vielleicht ist was mit dem Fahrrad«, sagte Vera.

»Bei beiden?« David räusperte sich. So schnell fiel ihm kein vernünftiges Thema ein, und Vera war auch nicht gerade die Gesprächigste. »Sollen wir was zu trinken bestellen?«, fragte er.

»Für mich eine Cola.« Vera holte ihr Portemonnaie heraus.

»Lass mal, ich bezahle.«

»Nett von dir.« Vera wurde ein bisschen rot.

Kurz darauf stellte David zwei Gläser Cola auf den Tisch.

»Nun äh . . . Prost.«

»Prost.« Vera hob ihr Glas.

»Komisch, dass sie so spät kommen.«

Vera zuckte mit den Schultern. »Ich find es mit dir auch ganz nett.«

»Gott sei Dank.« David hätte sich am liebsten die Zunge abgebissen. Was war das für eine blöde Bemerkung? Mal wieder typisch für ihn. »Kannst du Billard spielen?«

»Nein«, sagte Vera, »aber es scheint Spaß zu machen.«

»Ich kann es dir beibringen.«

Sie hatten Glück, denn die Billardspieler machten gerade eine Pause. Vera nahm den Queue und wollte die rote Kugel wegstoßen.

»Achtung, so reißt du ein Loch in den Stoff«, sagte David und zeigte ihr, wie sie den Billardstock halten musste, aber sie bekam es nicht richtig hin.

»Es ist keine Zigarette«, lachte David. Mit einer Hand legte er die Spitze zwischen Veras Finger, mit seiner anderen hielt er den Queue hinten fest. Es war das erste Mal, dass er ihr so nahe war, und das brachte ihn ein wenig durcheinander. Sie roch so frisch, und als er ihre Finger berührte, durchfuhr ihn ein Schauer.

Vera probierte die Kugel zu stoßen, doch als sie sie mehrmals verfehlte, legte sie den Queue zur Seite. »Das lern ich nie«, seufzte sie und ging zurück zu ihrem Platz.

»Du bist wirklich eine Kämpfernatur.« Schnell trank er einen Schluck von seiner Cola.

»Möchtest du eine Zigarette?« Vera hielt ihm die Schachtel vor die Nase.

David rauchte nie, doch vor lauter Nervosität zündete er sich eine an. Jetzt muss ich es ihr sagen, dachte er. Er nahm einen Zug und musste prompt husten. Schnell trank er einen Schluck Cola, doch es half nicht. Das war keine gute Vorstellung, und David schämte sich zu Tode, besonders als Vera ihm nun auch noch lachend auf den Rücken klopfte. So hatte er sich den romantischen Abend mit ihr nicht vorgestellt. Glücklicherweise hörte der Husten auf.

»Weißt du«, begann er zögernd, doch in diesem Augenblick ging die Kneipentür auf, und Yussef und Niels stürmten lärmend herein. »Wir hatten einen Platten.«

»Typisch Niels«, sagte Yussef und zeigte auf seinen Freund. »Ich wollte mit dem Bus fahren, weil mein Rücklicht nicht funktioniert. Aber nein, das wäre doch unnötig, bekam ich zu hören, ich könnte hinten auf seinem Gepäckträger mitfahren. Aber unterwegs sagte er dann, dass ich viel zu schwer sei. Als ob ich so 'n Fettsack wäre. Sein Reifen war total platt, es war kein bisschen Luft mehr drin. Wir haben gepumpt, aber das nützte natürlich nichts, weil Niels voll über einen Nagel gebrettert ist.«

Niels wollte noch rasch eine Cola bestellen, aber David widersprach. »Wir müssen uns beeilen, sonst muss Marion warten.«

»Und dann verpassen wir den Film«, sagte Yussef.

Vera zog Yussef an den Haaren. »Kannst du dir nur bewegte Bilder ansehen, he? Egal, ob hinterm Computer oder im Kino.«

»Er ist süchtig«, spottete Niels. »Wenn sein Computer und der Fernseher kaputt sind, setzt er sich vor die Waschmaschine.«

»Beeilt euch.« David war bereits an der Tür.

Es war nur gut, dass sie nichts mehr bestellt hatten, denn Marion wartete tatsächlich schon.

Niels wusste genau, in welchem Saal der Film lief, deshalb folgten ihm die anderen. David achtete darauf, dass er direkt hinter Vera blieb, dann konnte er sichergehen, dass sie nebeneinandersaßen.

An der Tür stand eine Frau mit einer Taschenlampe, die die Karten abriss und ihnen ihre Plätze zeigte.

»He«, sagte Vera. »Ich habe meinen Schal verloren.«

»Da liegt er.« David drehte sich um und lief zurück zur Tür. Er schnupperte heimlich daran. Hmm, er roch nach Vera. David strahlte. Das Wochenende konnte nicht mehr schiefgehen. Mit dem Schal in der Hand lief er durch die Sitzreihen und sah sich suchend um. Wo waren bloß die anderen geblieben?

»Hier!«, hörte er Vera rufen, und im selben Moment durchfuhr ihn ein Schock. Yussef saß neben Vera, aber David traute sich nicht, etwas zu sagen.

»Hier ist dein Schal«, sagte er nur.

Yussef und Vera standen auf. »Schnell, setz dich, es fängt gleich an.«

»Ich hoffe, er ist nicht zu gruselig für mich«, meinte Vera. David sah, wie Yussef einen Arm um sie legte. »Neben dir sitzt ein starker Bär«, hörte er ihn sagen.

Wenn es Niels gewesen wäre, hätte er den Arm wegge-
schlagen, aber bei Yussef brauchte er sich keine Sorgen zu
machen. Er interessierte sich nicht für Mädchen, nur für
Computer.

»Netter Sitzplatz, wie«, neckte ihn Niels, als David sich in
den Sitz neben ihn fallen ließ. »Wenn du Angst bekommst, kannst du dich bei deinem starken Freund an-
lehnen.«

David musste lachen, wenn auch etwas gequält.

7 »Total irre! Das Klassenfoto ist fertig!«, riefen die
Schüler aus der 8 b, als sie ins Klassenzimmer kamen. Sie
drängelten sich um Tino.

»Eigentlich wollte ich das Foto erst nach der sechsten Stunde austeilen«, sagte Tino.

»Wieso sind Sie auf einmal so streng?« Überrascht sahen
sie ihren Klassenlehrer an.

»Wenn ihr euren schwungvollen Lehrer auf dem Foto gesehen habt, könnt ihr euch gar nicht mehr richtig auf die
Aufgabenbetreuung konzentrieren.«

»Solche Asse wie wir brauchen keine Aufgabenbetreuung«, sagte Niels, der gerade eine Fünf für seinen Erdkun-
detest bekommen hatte.

»Das stimmt«, antwortete Tino. »Ich hatte ganz vergessen, dass ich die 8 b vor mir habe.«

»Genau«, sagte Niels. »Das ›b‹ steht für besonders be-
gabt.«

»Nun, wenn das so ist, kann ich die Fotos austeilen«, lachte

Tino. »Und ihr wisst: Wenn euch die Fotos gefallen, könnt ihr sie nachbestellen.«

Sobald die Fotos verteilt waren, musste jeder seinen Kommentar abgeben.

»Hast du mich gesehen?«

»Nein, guck mich an!«

»Na, den Bestellzettel brauch ich bestimmt nicht.«

Als David das Klassenfoto betrachtete, fiel sein Blick sofort auf die erste Reihe. Er wusste noch genau, wo Vera gesessen hatte, zwischen Niels und Marion. Sie war wirklich gut getroffen! Er errötete ein wenig und ärgerte sich gleichzeitig über Niels. Das musste man sich ansehen: Der Macho machte ein Gesicht, als ob Vera seine Freundin wäre. Egal, er würde ihr Gesicht sowieso ausschneiden, dann brauchte er sich wegen Niels nicht mehr zu ärgern. Außerdem fand sich David selbst auch ganz gut getroffen, besser zumindest als im letzten Jahr, als er genau in dem Moment hatte niesen müssen, als der Fotograf abgedrückt hatte. Er hatte ziemlich dämlich ausgesehen.

»He, Maike ist gar nicht drauf«, sagte Vera.

»Ich war krank«, sagte Maike.

»Schade«, meinte Niels. »Dann hätte ich später allen sagen können, dass die berühmte Schwimmerin in meiner Klasse gewesen ist.«

David betrachtete das Foto genauer. Jochen war auch nicht drauf, aber darüber verlor niemand ein Wort. Sie waren vorsichtig. Wäre Tino zu Herrn Schwarz gegangen, wenn er gewusst hätte, dass sie Jochens Kleider in den Baum gehängt hatten? David hatte keine Ahnung, doch er fragte sich, was Jochen zu Hause erzählte. Wahrscheinlich zeigte er seinen Eltern das Foto einfach nicht, obwohl er auch Passfotos hatte machen lassen. Was machte er mit denen? David blickte zu Jochen rüber, der dasaß und seine Deutschvokabeln lernte. Ihm war nichts anzumerken.

»He, mein großer Freund ist auch nicht drauf.« Tino sah zu Jochen hinüber. »Ach, wie konnte ich das bloß vergessen. Du warst natürlich bei der Schwangerschaftsgymnastik . . .«

Alle begannen zu lachen, nur David nicht, denn er fand den Witz kein bisschen komisch. Seit er bei Jochen zu Hause gewesen war, fiel es ihm immer schwerer, die Beleidigungen mit anhören zu müssen. Ihm war schleierhaft, wieso Tino solche Witze riss. Es war offensichtlich, dass ihr Klassenlehrer Jochen nicht leiden konnte, vor allem weil er sich in der Sportstunde nicht anstrengte, aber deshalb musste er ihn doch nicht ständig runtermachen? Paul Nobbe würde so etwas nie sagen. Der machte auch Witze, aber nicht auf Kosten anderer. Jochen hatte wahnsinniges Pech, dass Tino ihr Klassenlehrer war.

»He«, sagte Niels. »Ich habe keinen Bestellzettel.«

»Das kann nicht sein«, erwiderte Tino. »Sieh noch mal gründlich in deinem Umschlag nach.«

»Ich hab auch keinen Bestellzettel.«

»Ich auch nicht . . .«

»Nun, Leute, da ist dann wohl was schiefgelaufen. Ich geh eben rüber ins Sekretariat.«

»Im Nachhinein finde ich es schade, dass unser Schwein nicht auf dem Foto ist«, sagte Sanne, sobald Tino die Klasse verlassen hatte. »Jetzt kann ich ihn nicht mehr rumzeigen.«

»Ich finde es auch jammerschade«, sagte Remco, »denn meine Schwester sammelt Schweinebilder.«

Nun geht's also wieder los, dachte David und sah, wie Justin Jochens Passfotos vom Tisch nahm und sie Sanne gab, die gleich eine Schere aus ihrem Etui holte und eines der Fotos abschnitt. Den meisten in der Klasse ging das zu weit, aber keiner sagte etwas. Sie schlugen ihre Geschichtsbücher auf und begannen zu lernen. David versuchte, sich zu konzentrieren, aber sein Blick ging immer wieder zu Sanne hinüber, die nun eine Tube mit Klebstoff nahm und Jochens Foto vorn in ihr Aufgabenheft klebte, neben ein Nilpferd. *Hier ruht Jochen*, schrieb sie darunter und malte einen schwarzen Trauerrand um das Foto.

Remco und Justin spielten natürlich mit und fragten mit breitem Grinsen, woran Jochen denn gestorben sei.

»An Fettsucht.« Sanne sagte das so laut, dass alle es hören mussten.

Wie originell, dachte David. Die sollten sich langsam was anderes einfallen lassen. Doch sie schienen es superlustig zu finden, und wahrscheinlich sollte jeder mitbekommen, wie toll sie waren. Sanne hielt stolz ihr Aufgabenheft hoch. Tino kam zurück. Er musste das doch mitbekommen? Oder fand er es nicht weiter schlimm? Durfte Sanne Jochens Foto so ohne Weiteres in ihr Heft kleben?

Anscheinend schon, denn Tino sagte nichts. »Schaut mal her, Leute, ein ganzer Stapel. Die Bestellzettel lagen noch im Sekretariat. Will jemand noch was zu den Hausaufgaben fragen?«, wollte er wissen, als er die Zettel ausgeteilt hatte. Er sah sich in der Klasse um, doch als niemand reagierte, nahm er ein Stück Kreide.

Vera hob die Hand. »Können wir für Geschichte lernen? Wir schreiben morgen einen Test.«

»Muss das in meiner Aufgabenbetreuung sein?« Tino probierte ein strenges Gesicht zu machen.

»Ach, nur dieses eine Mal«, bettelte Vera.

»Nun, dann mal los«, sagte Tino.

Da hatte er es, dachte David. Er war nicht der Einzige, der Vera nichts abschlagen konnte.

»Herzlichen Dank, auch im Namen meiner Eltern«, sagte Niels. »Sitzen bleiben ist teuer.«

Lachend packten alle ihre Geschichtsbücher aus.

Eine Viertelstunde vor Schluss klappte David sein Buch zu. Er hatte jetzt lange genug für Geschichte gelernt und brachte schon alles durcheinander, da war es besser aufzuhören. Außerdem hatten sie erst noch Biologie und konnten sich ein bisschen ausruhen. Die Diskussion zur sexuellen Aufklärung in der letzten Stunde hätten sie sich wirklich sparen können, denn wenn man sich Hoeks trockene Erklärungen anhörte, war einem jegliche Lust vergangen. Zum Ende der Stunde hatten sie sich so gelangweilt, dass sie nur noch dumme Witze gemacht hatten.

Marion hatte Hoek unvermittelt gefragt, ob er es auch schon mal gemacht hatte. Sie hatten sich gar nicht mehr beruhigen können. Hoek war das zu weit gegangen, und er hatte Marion aus der Klasse geschickt. Wie mutig von ihm, hatte David gedacht, doch anscheinend hatte er sich getäuscht, denn als Marion sitzen geblieben war, hatte Hoek kein Wort mehr darüber verloren.

In dieser Stunde wollten sie über geschützten Sex sprechen, das versprach, wieder lustig zu werden, und ein paar aus der Klasse witzelten, dass Hoek sicher ein Kondom zeigte, das seine Mutter für ihn gestrickt hatte.

»Meine lieben Schüler, lieber Niels.« Tino faltete seine Zeitung zusammen. »Ich würde eigentlich gern rüber zur

Turnhalle, um noch einiges vorzubereiten. Ihr habt doch nichts dagegen, wenn ihr die letzten zehn Minuten alleine bleibt?«

»Ach, gehen Sie ruhig!«, antwortete Niels gespielt beleidigt.

»Eigentlich können wir nicht ohne Sie«, fügte Marion hinzu. »Aber wenn es unbedingt sein muss . . .«

Sobald Tino weg war, stand Justin auf. »Sanne hat eine super Idee. Wir ziehen das Skelett bei Hoek im Zimmer sexy an.«

»Oh ja . . .« Lachend packten sie ihre Sachen zusammen und schlichen durch den Flur zur Kleiderkammer, wo sie die passenden Requisiten fanden: eine lange Hose, eine Mütze, eine sehr aufreizende Bluse und eine Handtasche. Niels brachte noch einen BH zum Vorschein, und Marion hatte sogar daran gedacht, Socken zu suchen, um den BH damit auszustopfen.

Inzwischen betrachtete David den Übersichtsplan und stellte fest, dass sie Glück hatten: Hoek kam erst zur dritten Stunde.

»Er muss erst mit Mami Kaffee trinken«, sagte Justin.

»Keinen Kaffee«, sagte Sanne. »Das ist nicht gut für seinen Magen. Mami kocht eine leckere Schokolade für den Kleinen.«

Während Emil Schmiere stand, zogen sie das Skelett an und mussten die ganze Zeit über Tränen lachen, vor allem als Niels den Plastikpenis aus dem Schrank holte und ihn durch den Hosenschlitz steckte. Aber das reichte ihnen noch nicht. Das Thema war heute geschützter Sex, darum brauchten sie eigentlich noch ein Kondom. Zwar lag noch ein Päckchen mit Kondomen im Schrank, aber sie trauten sich nicht, die zu nehmen.

Niels wusste einen Ausweg: eine Brottüte. Er nahm sein Brot aus seiner Butterbrottüte und warf es in den Mülleimer. Wie ein Stein fiel es in den Müll, es war noch halb gefroren. Logisch, dass Niels in der Pause lieber zum Bäcker ging.

Niels drückte David die Tüte in die Hand. Mal wieder typisch, dass er das tun musste; als ob er so viel Erfahrung hätte. Aber er ließ sich nichts anmerken und zog die Plastiktüte über den Penis. Er hatte Angst, dass er rot würde, doch das passierte zum Glück nicht.

»Hinsetzen!« Sie schlossen die Tür und warteten voller Spannung auf ihren Lehrer.

»Er kommt!« Emil deutete auf die Tür, die sich langsam öffnete. Grinsend versteckten sie ihre Gesichter hinter der Hand. Sie bekamen jedoch einen Riesenschreck, als nicht Herr Hoek, sondern der Konrektor Herr Schwarz hereinkam. Verdammt, das würde sie bestimmt einen freien Nachmittag kosten.

»So.« Herr Schwarz schob seine Brille zurecht. »Herr Hoek ist krank. Er hat mir mitgeteilt, dass bei euch heute geschützter Sex auf dem Stundenplan steht.« Er ging einmal um das Skelett herum. »Anscheinend wisst ihr bereits, was das heißt. Könnt ihr mir sagen, wer diesen Scherz ausgeheckt hat?«

Eine Zeit lang blieb es still, dann hob Niels die Hand. »Das haben wir zusammen gemacht, Herr Schwarz.«

Herr Schwarz nickte. »Dann sorgt auch dafür, dass die Dinge wieder an ihren Platz kommen. Ich hab noch ein paar wichtige Sachen zu erledigen, während ihr schon mal Kapitel sieben durcharbeiten könnt. In zwanzig Minuten komme ich zurück, und dann gehen wir die Aufgaben durch. Noch Fragen?«

»Nein«, kam die brave Antwort. Als Herr Schwarz verschwunden war, brachen alle in lautes Gelächter aus.

»Irrer BH, wie?« Sanne lief zu dem Skelett, nahm den BH und hielt ihn sich vor.

»Die Größe eines Blumenkohls«, sagte Marion.

»Ich weiß schon, wem er gehört«, sagte Sanne. »Der gehört Jochen. Guck mal, Jochen, was wir gefunden haben! Du hast ihn bestimmt schon vermisst.«

»Zieh ihn schnell an«, sagte Justin. »Sonst bekommst du einen Hängebusen.«

Dann passierte, was David schon befürchtet hatte. Sanne legte Jochen den BH um. Jochen wehrte sich nicht, auch nicht, als Justin ihm die Mütze aufsetzte und ihm die Handtasche umhängte. Dann forderte Remco ihn auf, sich vor die Klasse zu stellen, damit jeder sehen konnte, wie sexy er war. Als Jochen sich nicht rührte, zogen sie ihn vom Stuhl.

»Schwarz kommt!«, warnte Emil. Die drei ließen Jochen los und stürzten auf ihre Plätze.

»Aha«, sagte Herr Schwarz, als er Jochen sah. »Jochen Steenman ist also der Schönste hier. Wenn du jetzt noch alles wegräumen könntest, bleibt uns zumindest weitere Heiterkeit erspart.«

Herr Schwarz setzte sich auf Hoeks Platz. »Wie kindisch, eine achte Klasse, die man nicht mal allein lassen kann.«

Ohne noch ein Wort zu sagen, machten sich alle an die Aufgaben, und abgesehen von Jochen, der geschäftig hin- und herlief, war es mucksmäuschenstill in der Klasse.

»Könnte ich das Redaktionsteam der Schülerzeitung eben mal ausleihen, Herr Schwarz?«, fragte Paul Nobbe, der hereinkam und die Stunde unterbrach.

»Natürlich«, antwortete der Konrektor.

Sie folgten ihrem Niederländischlehrer ins Redaktionszimmer. Paul sah nicht sehr fröhlich aus. War irgendwas schiefgelaufen mit der Schülerzeitung?

»So, Leute«, begann er mit ernstem Gesicht. »Ich muss euch sprechen. Letzte Woche musste ich während der Sitzung früher weg, und ihr habt mir versichert, dass ihr es auch ohne mich schafft, wisst ihr noch?«

»Das stimmt«, sagte Marion. »Wir haben stramm durchgearbeitet. Wir müssen jetzt nur noch alles kopieren.«

Paul Nobbe sah sie der Reihe nach an. »Ich dachte, ihr hättet längst alles kopiert.« Er legte die Englischarbeit auf den Tisch.

Erschrocken blickten sie sich an. Wie kam Paul an die Arbeit?

»Nein«, sagte Niels mit knallrotem Kopf. »Die Arbeit haben wir nicht kopiert. Wieso?«

»Nun ja«, sagte Paul Nobbe. »Es war bloß eine Frage. Ich weiß, dass ich euch vertrauen kann, und wenn ihr schwört, nichts davon zu wissen, dann glaube ich euch. Ihr könnt zurück in die Klasse gehen.«

Nur widerwillig erhob sich David von seinem Stuhl. Auch die anderen fühlten sich schuldig. Jeden Monat trafen sie sich mit Paul, sie kannten ihn sehr gut, und eigentlich war er auch ein bisschen ihr Freund geworden.

An der Tür drehten sie sich noch mal um.

»Ist noch was, Leute?«, fragte Paul.

»Wir äh . . . wir wissen vielleicht, von wem die Arbeit ist«, sagte Niels.

Die anderen nickten.

»Das freut mich.« Paul Nobbe wartete, bis sie alle wieder im Zimmer waren, dann schloss er die Tür.

8 »Also dann.« Paul Nobbe hielt ihnen die Tür auf. »Wir wollen das Beste hoffen.«

»Was haben wir jetzt?«, fragte David.

»Pause«, seufzte Vera. »Ich glaube nicht, dass ich einen Bissen runterkriege.«

In der Pausenhalle begann der Rest der Klasse zu johlen, als sie hereinkamen. »Da sind unsere VIPs, Leute. Die werden bei Schwarz aus dem Unterricht gerufen. Die Schülerzeitung scheint ziemlich wichtig zu sein . . .«

»Das habt ihr euch gedacht.« Niels winkte sie zu dem großen Tisch rüber, der in einer Ecke der Pausenhalle stand, und als alle Platz genommen hatten, berichtete er, dass Herr Reuter entdeckt hatte, dass die Arbeit kopiert worden war. Niels gab auch zu, dass es seine Schuld war, denn er hatte die Vorlage unter dem Kopierer liegen lassen, was natürlich superblöd gewesen war. Frau Baumer hatte die Vorlage entdeckt und sie natürlich sofort Reuter zurückgegeben. Den Rest konnte die Klasse sich denken. Herr Reuter hatte sich alles zusammenreimen können, so schwierig war das nicht gewesen. Vor allem nicht, als er hörte, dass Paul Nobbe nicht bei der Versammlung gewesen war.

Sanne fragte die ganze Zeit, ob Reuter es auch beweisen könnte.

»Was gibt es da zu beweisen?«, platzte David heraus. »Die Vorlage lag im Kopierer. Wer hätte sie dahin legen sollen? Die Heinzelmännchen etwa?«

»Und was machen wir jetzt?« Yussef holte die Butterbrotdose aus seinem Rucksack. Er machte sich vor allem wegen Johan Sorgen, der die Arbeit beiseite geschafft hatte.

Wenn Reuter das herausbekam! Yussef meinte, dass es ihre Schuld war, wenn Johan sich nun Probleme einhandelte. Niels war da anderer Meinung, denn schließlich hatten sie Johan nicht um die Kopien gebeten, und er meinte, dass Johan das selbst zu verantworten hatte. Marion ging noch einen Schritt weiter und sagte, wenn er die Klassenarbeit nicht zurückbehalten hätte, dann hätten sie jetzt keine Probleme.

»Ja, ja!«, entgegnete Yussef sauer. »Gebt nur Johan die ganze Schuld!«

Sie bekamen beinahe Streit. Es sah nicht gut für sie aus. Paul Nobbe zufolge liefen sie Gefahr, vom Direktor einen Verweis zu bekommen. Das waren keine guten Aussichten, und sie würden noch eine Woche auf heißen Kohlen sitzen, bevor sie mehr erfahren würden, denn Herr Preukmer befand sich momentan auf einer Studienreise.

»Wann haben wir wieder bei Reuter?«, fragte Marion.

»Morgen.«

»Können wir ihn davon abhalten, zu Preukmer zu rennen?«, überlegte Justin.

»Ich kann ihn natürlich zu einer Fahrt auf meinem Roller einladen«, antwortete Marion, aber die anderen waren nicht in der richtigen Stimmung für solche Scherze.

»Soll er uns doch eine Strafarbeit aufbrummen. Wir bleiben dazu auch gern ein paar Mittage länger, aber einen Verweis . . .«

»Von mir aus kann er uns allen ein Ungenügend geben!«, sagte Leon.

»Das kriegen wir in jedem Fall«, meinte Niels. »Nur Jochen behält seine Drei und wird auch keine Strafe bekommen.«

Da lag er sicher richtig. Aber jetzt verdächtigte Sanne Jochen, sie verraten zu haben, und fragte, wie Herr Reuter sonst hätte wissen können, dass er keine Kopie hatte.

David versuchte, den Verdacht zu zerstreuen, und erklärte, dass Jochen der Einzige war, der Fehler gemacht hatte. Aber das beeindruckte die anderen wenig. Sanne wusste zu berichten, dass Jochen vor ein paar Tagen bei Herrn Reuter gestanden und mit ihm geredet hätte. Da war sie schon misstrauisch geworden, aber jetzt war sie sich ganz sicher, dass er sie hatte auffliegen lassen.

»Wenn das wahr ist, kann die dicke Sau direkt von der Schule abgehen«, sagte Justin.

»Wir bringen ihn zum Schlachthof«, äußerte sich Remco. »Wer will schon ein Schwein in seiner Klasse haben?«

David beobachtete Jochen, der ruhig weiteraß. Wie konnten sie so etwas sagen!

»He, Fettsack, schmeckt es?« Remco stopfte seine Mandarinenschalen in Jochens Becher, sodass der Kakao an allen Seiten überlief.

»Du kleckerst, Ferkel, trink lieber aus!«

Remco und Sanne fassten Jochens Kopf und drückten sein Gesicht nach unten. »Leck schon auf!« Sie drückten ihn so lange, bis Jochen mit seiner Zunge den Tisch sauber leckte.

David wandte sich ab und beobachtete Vera, die schweigend vor sich hin starrte. Er verstand sie, auch seine Eltern würden nicht jubeln, wenn er einen Verweis bekam, aber Veras Mutter würde ein richtiges Drama daraus machen. So wie im letzten Jahr, als sie alle wegen Schwänzens einen Nachmittag länger bleiben mussten und Vera zwei Wochen nicht zum Jazztanz gedurft hatte. Dabei war ein Verweis schlimmer als eine Stunde Nachsitzen. Vielleicht durfte sie auch nicht bei der Aufführung mitmachen. Das wäre eine Katastrophe für sie!

Wie gern hätte er eine Lösung für sie parat gehabt. Er seufzte. Hinter ihm erklang lautes Lachen, und als er sich umdrehte, sah er, wie Jochen wegrannte, seine Haare und sein Gesicht voll mit Kakao.

Nur während des Geschichtstests konnten sie den Vorfall kurz vergessen, den Rest des Tages mussten sie ständig an Paul Nobbes Worte denken. Vielleicht kamen sie um einen Verweis herum, aber David fand es schlimmer, wenn Herr Preukmer sie aus der Redaktion ausschließen würde.

»Wir müssen uns was einfallen lassen«, sagte Niels, als sie zu ihren Fahrrädern liefen.

»Und was?« Yussef schloss sein Rad auf. »Reuter hat uns erwischt. Na, Leute, das wird ein dicker Verweis.«

Vera seufzte. »Das war dann meine Aufführung, und mein Taschengeld kann ich vorläufig auch abschreiben.«

»Ich leih dir gern ein paar Gulden«, sagte Niels.

»Wie lieb von dir.« Vera tätschelte seine Wange.

David konnte sich vor Wut kaum zurückhalten. Warum kam er nicht auf solche Ideen? Vera konnte sein ganzes Taschengeld bekommen, wenn nötig, auch ein Jahr lang, doch mit dem Vorschlag brauchte er nun nicht mehr zu kommen. Mister Niels musste wieder den freigebigen Spender markieren, dieser Macho. Davids Laune sank schlagartig unter den Nullpunkt. »Ich fahr nach Hause«, sagte er kurz angebunden.

»Kommst du nicht mit, die CD kaufen?«, fragte Niels überrascht.

»Ich muss noch Hausaufgaben machen«, schwindelte David. »Heute Abend geh ich mit meinem Vater joggen.«

»Und meine CD nimmst du wieder umsonst auf, wie? Du kommst mit. Dauert nur 'ne halbe Stunde. Ich weiß, wo ich sie kriege. In dem Musikladen in der Stadt.«

»Dahin willst du jetzt noch fahren?«, seufzte David.

»Beeil dich. Wir könnten schon längst wieder zurück sein.« Niels sprang auf sein Rad.

»Bis morgen!« David fuhr hinter seinem Freund her.

Seine schlechte Laune war schnell verflogen, schließlich war es albern, auf Niels sauer zu sein, der hatte sich sicher nichts weiter dabei gedacht.

»Sollten wir quer durchfahren?«, fragte David. »Das ist schneller.«

»Durch diese schreckliche Gegend?«, meinte Niels. »Na ja, du hast recht, dann haben wir keine Ampeln.«

Mit seinem Lieferrad konnte David nicht so schnell fahren, und Niels preschte vor ihm davon, sodass der Abstand zwischen ihnen immer größer wurde.

»Gut, dass ich mitgekommen bin, he?«, rief David ihm zu.

Niels stieg vom Rad und blieb demonstrativ am Straßenrand stehen. Beide Jungen fuhren erschrocken zusammen, als ein Wagen in voller Fahrt um die Ecke bog und im selben Augenblick eine Katze die Straße überquerte. »Achtung!«, riefen die Jungen.

Der Fahrer trat voll auf die Bremse, aber das Auto rollte weiter und fuhr die Katze an, die wimmernd in die Gosse rollte. David und Niels liefen sofort zu ihr.

»Ist es schlimm?«, wollte der Fahrer wissen, als er die blutende Katze sah, die ihn voller Angst anblickte. Sie bewegte sich nur unter Schmerzen, als die Jungen sich ihr näherten.

»Ich glaube, sie kann nicht aufstehen«, sagte David.

Der Fahrer drückte ihnen seine Visitenkarte in die Hand.

»Könnt ihr das Tier für mich zum Tierarzt bringen? Er kann mir die Rechnung zuschicken. Ich bin sehr in Eile.«

Noch bevor die Jungen etwas erwidern konnten, saß der Mann bereits im Wagen und düste davon.

»He, Sie Mörder!«, rief Niels. »Sie können doch nicht einfach abhauen.«

»Und nun?«, sagte David. »Die arme Katze muss eine Wahnsinnsangst ausstehen. Was machen wir mit ihr? Sollen wir sie bei jemandem vor die Tür legen?«

»Das kannst du nicht machen«, entrüstete sich Niels. »Wir müssen sie zum Tierarzt bringen.«

David nickte. »Am besten zu Dr. Geer, so heißt der Tierarzt meiner Oma. Ich bin mit Durak schon mal bei ihm gewesen.«

Während Niels die Fahrräder holte, hob David die Katze vorsichtig hoch. Sie begann, ängstlich zu miauen.

»Hier ist es«, sagte David, als sie zu dem weißen Haus des Arztes kamen. Niels klingelte, und kurz darauf öffnete ihnen die Sprechstundenhilfe die Tür.

»Die Katze ist angefahren worden«, erklärte David.

»Das sieht ja schlimm aus«, sagte die Frau. »Komm rein. Ah, die Katze trägt ein Halsband mit der Telefonnummer des Eigentümers. Wir warten am besten erst auf den Arzt, dann benachrichtigen wir ihn.«

»Nun, wir gehen dann mal.« David reichte ihr die Visitenkarte. »Die haben wir von dem Autofahrer bekommen.«

»Danke«, sagte die Sprechstundenhilfe. »Schreibt auch eure Adresse auf, falls der Besitzer sich noch bei euch bedanken möchte.«

Hast du noch Lust, die CD zu kaufen?«, fragte David, als sie wieder draußen standen.

»Nein«, erklärte Niels. »Aber eine Portion Pommes wäre jetzt nicht schlecht. Von all dem Blut habe ich Hunger bekommen.«

»Sei froh, dass dir nicht übel geworden ist«, lachte David.

»Mir und übel werden? Vor Hunger, ja. Hast du keinen Hunger?«

»Natürlich«, antwortete David.

»Wir sind wirklich wahre Tierfreunde«, meinte Niels. »Wir können gleich beim Tierschutzverein anfangen.«

»Das kannst du Preukmer nächste Woche erzählen.« David biss genüsslich in seinen Hamburger.

»Sollen wir noch eine Cola trinken?«

»Klar«, sagte David. »Wir haben doch jetzt genug Geld. Wetten, dass der Eigentümer uns zum Dank eine Million aufs Konto überweist.«

»Bestimmt«, grinste Niels und bestellte zwei Cola.

9 Den ganzen Tag musste David daran denken, wie er Herrn Reuter umstimmen könnte. Es hatte keinen Sinn, mit ihm zu reden. David war überzeugt, dass Paul Nobbe das längst probiert hatte.

Außerdem, was hätten sie sagen sollen? Dass es ihnen leid tat? Als ob Reuter das störte.

Nein, er hatte Angst, dass er in dieser Situation nicht den Helden spielen konnte, zu dem Vera aufschauen würde.

Er konnte nur eine dramatische Geschichte über eine angefahrene Katze bieten. Vera mochte Tiere. David war überzeugt, dass er damit Eindruck bei ihr machte, aber er hatte sich gründlich getäuscht.

Als sie am nächsten Morgen von der angefahrenen Katze berichteten, wurde Vera richtig böse. »Und ihr habt den Schuft einfach davonfahren lassen?«

»Was hätten wir tun sollen?«, entgegnete Niels.

»Nun, das hätte er mal bei mir probieren sollen.« Marion nahm einen Kampfposition ein. »Ich mach nicht umsonst Kickboxen.«

Auch die anderen Freunde machten sich über David und Niels lustig. »Konntet ihr nach solch einem Abenteuer überhaupt schlafen?«

»Wie laut miaute denn die Katze? Kannst du es nachmachen?«

»So eine große Wunde? Und es floss echtes Blut?«

Nein, sie standen wirklich nicht als Helden da, und David war nur allzu froh, als Emil von den Englischaufgaben anfing. Alle hatten heute extra gut gelernt.

»Ich hab sogar die ganze Lektion durchgearbeitet«, sagte Niels. »Ganz gründlich. Das ist vielleicht eine langweilige Geschichte mit Ann und Mitchell.«

»Ann und Mitchell?«, fragte David. »Die kommen doch darin gar nicht vor.«

Niels öffnete sein Buch. »Ich bin doch nicht blöd. Hier, guck doch.«

»Diese Übung mussten wir gar nicht machen«, lachte Vera. »Wir sind längst drei Lektionen weiter.«

»Hilfe!« Niels fasste sich an den Kopf. »Da wollte ich einmal einen guten Eindruck machen. Nun ja, dann muss ich wieder sagen, dass ich mein Heft nicht dabeihabe.«

»Du kannst mein Heft haben. Bei mir stört es ihn nicht, wenn ich meines mal vergessen habe. Sonst habe ich ja immer alles.« Vera öffnete ihren Rucksack.

»Wie kann ich dir nur danken?« Niels sah Vera an.

David kannte das Lachen. So ein Gesicht machte Niels immer, wenn er wollte, dass ein Mädchen von ihm beeindruckt war. Aber am meisten ärgerte ihn, dass Vera auch noch rot wurde. Was für ein Spiel trieb Niels da eigentlich? Verärgert stellte David seinen Freund zur Rede.

»Was bist du plötzlich brav, Junge. Was ist los mit dir? Gestern wolltest du die Katze unbedingt zum Tierarzt bringen. Wenn es nach mir gegangen wäre, hätten wir sie vor einer Haustür gesetzt.«

Aber Niels ließ sich nicht herausfordern. »Ja, dieser Junge hat sich geändert«, sagte er mit todernstem Gesicht. »Bereitet euch schon mal drauf vor, denn dies ist erst der Anfang. Mit der Band hör ich auch auf, es wird nicht mehr Gitarre gespielt, nur noch gelernt. Oh ja, Yussef, du kannst meine Zigaretten haben, ich habe mit dem Rauchen aufgehört.« Niels kramte ein Päckchen aus seiner Tasche, doch als Yussef es nehmen wollte, sagte Niels, dass alles nur ein Spaß gewesen sei.

»Kommt schon, wir dürfen natürlich nicht zu spät bei Reuter sein.« Niels wandte sich an David. »Das mein ich jetzt ganz im Ernst, klar?«

»Du bist total übergeschnappt, Niels de Bruin.« David klopfte seinem Freund lachend auf die Schulter und lief ins Schulgebäude. Niels hatte ihm hoch und heilig geschworen, dass er nicht in Vera verknallt war. Er sollte sich lieber um sein Englisch kümmern, denn ihnen stand noch einiges bevor, wenn sie wirklich einen Verweis bekamen.

Herr Reuter stand bereits an der Tür, als sie in die Klasse kamen. Er trug ein gestreiftes Hemd und eine karierte Krawatte. Niels konnte es nicht lassen, eine Bemerkung zu machen. »Reuter in Gewitterstimmung«, flüsterte er.

Es war nur allzu deutlich, dass die Klasse ihren Fehler wieder gutmachen wollte, denn ohne jedweden Kommentar setzten sich alle auf ihre Plätze, und noch bevor es zum zweiten Mal klingelte, lagen die Bücher und Hefte schon auf dem Tisch. Herr Reuter brauchte sie nicht einmal zu bitten.

Vera versuchte, sich hinter Leons breitem Rücken zu verstecken. Sie war immer ein wenig ängstlich, wenn ein Lehrer böse wurde, vor allem Herr Reuter. Wenn der schlechte Laune hatte, traute sich keiner, was zu sagen, nicht mal Sanne. David malte sich in Gedanken schon aus, wie Herr Reuter die Redaktion der Schülerzeitung anfuhr und des Verrats und Betrugs bezichtigte, und als er sah, wie Vera nervös an den Nägeln kaute, hätte er sie gern vor einem Verweis bewahrt.

Herr Reuter sagte jedoch nichts von einem Betrug, sondern schrieb mit Kreide das Wort *Katze* an die Tafel.

»Es ist interessant, wie wichtig für jemanden eine Katze sein kann«, sagte er. »Und das merkt man erst, wenn man sie beinahe verloren hätte.«

Niels und David warfen sich überraschte Blicke zu. Worauf wollte ihr Lehrer hinaus?

»Selbst ein einfacher Straßenkater kann viel verändern und einen sogar von einem Vorhaben abbringen.«

Herr Reuter strich ein paar Mal über sein Kinn und fuhr dann fort: »Fünf Schüler aus dieser Klasse haben mein Vertrauen und das von Herrn Nobbe missbraucht. Sie haben während der Redaktionssitzung die Englischarbeit kopiert, heimlich hinter Herrn Nobbes Rücken. Doch nicht allein die fünf haben sich schuldig gemacht, sondern ebenso der Schüler, der ihnen die Arbeit zugespielt hat, und natürlich der Rest der Klasse, der nur zu gern von den Kopien Gebrauch gemacht hat. Jochen ist der Einzige, der freigesprochen wird; das erkennt man nicht nur an den Fehlern in seiner Arbeit, sondern ich erinnere mich nun auch an seine Bemerkung, keinen Zettel bekommen zu haben. Die fünf Hauptverdächtigen hätten mit Sicherheit einen Verweis von Herrn Preukmer verdient und die gesamte Klasse hätte mindestens drei Nachmittage nachsitzen müssen.«

David überlegte kurz, ob jetzt der richtige Augenblick gekommen war, um seinen Finger zu heben, aber Reuter war noch nicht fertig. Und David wusste nur zu gut, dass er es hasste, unterbrochen zu werden.

»Nun wollt ihr natürlich wissen, was das Wort *Katze* mit all dem zu tun hat. Nun ja, ein unachtsamer Autofahrer hat gestern meine Katze angefahren. Glücklicherweise haben sich zwei Jungen um sie gekümmert und sie zum Tierarzt gebracht. Wenn die beiden das nicht getan hätten, wäre unser lieber Bas heute tot. Die zwei Wohltäter sitzen in dieser Klasse. Und ich kann nur schwer verstehen, dass sie mich derart hintergangen haben. Auf Drängen meiner Frau werde ich den Vorfall mit der Klassenarbeit auf sich beruhen lassen. Die ganze Klasse bekommt eine Sechs, nur Jochen behält seine Drei.«

Durch die Klasse ging ein Seufzer der Erleichterung. Sie hatten solchen Bammel, dass Herr Reuter auf seine ursprüngliche Idee mit dem Verweis zurückkam, dass sie sich heute alle besonders anstrengten.

Herr Reuter verabscheute es, wenn sie nach dem Klingeln sofort aufsprangen, darum packten sie in aller Ruhe ein und standen erst auf, als er die Tür öffnete. Wie wahre Musterschüler verabschiedeten sie sich von ihrem Lehrer und verließen das Klassenzimmer. Selbst auf dem Gang sprachen sie nur gedämpft, doch sobald sie in der Pausenhalle waren, brach der Lärm los.

Um das glückliche Ende zu feiern, wollte Marion heute Abend sogar ihre Haare rot färben.

In Festtagsstimmung saß die 8 b um den großen Tisch herum.

»Vergesst nicht, dass ihr alles mir zu verdanken habt«, sagte Niels großzügig.

»Wie bitte?« David blickte ihn überrascht an. »Ich dachte, wir wären zu zweit gewesen?«

»Es war meine Idee mit dem Tierarzt«, entgegnete Niels mit einem Grinsen. »Du hast uns noch vor der Stunde erklärt, dass du den Liebling von Familie Reuter am liebsten vor die nächstbeste Tür gesetzt hättest. Stimmt das etwa nicht?«

David hätte ihm gerne seine Cola über den Kopf gegossen, vor allem als Vera seinen Freund auch noch umarmte.

»Niels, mein großer Held, ich weiß nicht, wie ich mich bedanken kann.« Sie gab ihm einen Kuss.

Jetzt fing Yussef auch noch an. »Leute, ich finde, dass wir diesem Supertierfreund einen ausgeben müssen.« Er lief zum Süßwarenautomaten und zog für Niels ein Kitkat.

Lachend wickelte Niels das Papier ab. »Prost«, sagte er zu David und biss in den Schokoriegel.

Vera war immer noch nicht fertig mit ihren Lobliedern. »Der kleine Niels, wer hätte gedacht, dass er Herrn Reuters Katze retten würde.«

Niels fand es toll, im Mittelpunkt zu stehen, und riss einen Witz nach dem anderen. »Ich hätte es wissen müssen, eine echte englische Katze. Sie lief auf der linken Straßenseite und miaute auf Englisch.«

Niels übertreibt es mal wieder, dachte David. Er hatte Glück, dass Marion nun über Frau Reuter sprach und vorschlug, sich bei ihr zu bedanken. Leon hatte eine Idee: Für den kranken Bas konnten sie ein Kilo Fisch kaufen.

Selbst David musste über diesen Vorschlag lachen, und er stellte sich vor, wie Herrn Reuters adrette Aktentasche voll mit stinkendem Fisch war. Der Rest der Klasse war begeistert von dem Plan.

»Das machen wir«, sagte Yussef. »Wir legen eine Karte dazu. Ich überlege mir schon einen guten Spruch.«

Die meisten zückten bereits ihr Portemonnaie.

»Wann sollen wir den Fisch kaufen?«, fragte David. »Wir haben doch gleich Aufgabenbetreuung.«

Sanne hatte eine Lösung parat. »Unser Schwein holt ihn, der hat noch was gutzumachen.«

Jochen blickte sie erschrocken an. »Ich möchte bei Van Dijk nicht zu spät kommen.«

Remco und Justin hielten Jochen fest. »Hast du nicht gehört? Du holst ein Kilo Fisch. Du kannst dich ruhig revanchieren, immerhin müssen wir dich hier jeden Tag ertragen.«

»Ja«, bekräftigte Justin. »Du kannst uns dankbar sein, eine andere Klasse hätte dich längst in Stücke zerteilt. Also komm.«

Sanne boxte Jochen so heftig in die Seite, dass er vom Stuhl fiel.

»Na los«, sagte Remco und gab Jochen einen Tritt.

»Er tut auch noch, was man ihm sagt«, lachte Remco, als Jochen loslief.

David sah Jochen hinterher und dachte daran, wie er bei Jochen zu Hause gewesen war. An seinen einsamen Blick . . . Diesmal musste er Partei für ihn ergreifen.

»Warte!«, rief David. »Ich komme mit.«

»Das ist wirklich ein guter Witz«, grinste Remco. »Schaut euch nur unser Schwein an. Der bleibt stehen. Denkt er wirklich, dass David mitgeht?«

»Kleiner Scherz«, sagte Sanne. »Lauf ruhig.«

David sah die lachenden Gesichter seiner Freunde und traute sich nicht mehr zu sagen, dass es ihm ernst gewesen war.

Tino hätte keinen besseren Moment abpassen können, als er in der Aufgabenbetreuung die Rede auf die nächste Klassenfete brachte. Alle waren begeistert, vor allem als sie hörten, dass Tino sein Haus zur Verfügung stellte. Dann konnten sie zumindest auch Bier trinken, denn bei einer Party in der Schule war Alkohol strengstens untersagt.

»Wir müssen einen Festausschuss zusammenstellen.« Tino blickte Niels an. »Ist das nichts für dich?«

»Klar doch«, erwiderte Niels. »Darf der Festausschuss auch die Musik aussuchen?«

»Das gehört natürlich ebenfalls zu seinen Aufgaben.«

»Klasse«, sagte Niels. »Dann lade ich meine Band ein.«

»Ich will nicht den ganzen Abend *House* hören«, sagte Sanne. »Wir können doch auch ein Quiz veranstalten.«

»Was hält dich davon ab?«, meinte Tino. »Du kannst dir ein paar gute Fragen ausdenken.«

»Aber nur zusammen mit Justin«, sagte Sanne.

»Ah, jetzt muss ich auch wieder mitmachen«, maulte der.

»Ach, stell dich nicht so an.«

»Okay«, seufzte Justin.

»Dann seid ihr schon zu dritt«, zählte Tino auf.

»Yussef, hast du nicht auch Lust mitzumachen?«, fragte Niels. »Das ist doch mal was anderes, als immer nur am Computer.«

»Ich kann auch mithelfen«, bot Vera sich an.

Tino warnte sie zwar, dass die Vorbereitungen viel Zeit in Anspruch nehmen würden, aber das konnte sie nicht abschrecken. Während sie noch über den genauen Termin für die Fete diskutierten, öffnete sich die Tür.

»Da ist ja unser Festschwein!«, rief Sanne und begann, laut zu grunzen.

»Du stinkst nach Fisch«, sagte Remco, als Jochen an ihm vorbeilief.

»Gib her!« Justin nahm Jochen das Paket mit Fisch aus den Händen und packte es aus. »He, wollt ihr mal sehen, was er gekauft hat? Fisch.«

»Mindestens ein Kilo«, sagte Justin. »Dass dir so was schmeckt, Fettsack.«

»Ich denke, es dauert nicht lange, bis das Baby kommt«, sagte Tino. »Wenn du jetzt schon rohen Fisch isst . . .«

»Er nimmt jeden Tag zu«, grinste Justin. »Das kleine Ferkelchen kann jeden Moment geboren werden.«

»Hast du eigentlich schon einen Namen?«, erkundigte sich Sanne.

Justin fand dies eine gute Frage für das Quiz: Wie heißt das kleine Ferkelchen?

Der Großteil der Klasse brach in schallendes Gelächter aus, und auch Tino lachte fröhlich mit.

10 Der rote Golf seiner Mutter stand vor der Haustür, als David in die Straße einbog. Dabei war es erst zehn vor halb fünf. Es war das erste Mal, seit sie die neue Stelle hatte, dass sie so früh zu Hause war. Meist ging um sechs Uhr das Telefon: »Ich muss noch eben was fertig machen, könnt ihr schon mal mit dem Kochen anfangen?«

»Bist du krank?«, rief David durch den Flur.

Seine Mutter stand auf einer Leiter vor dem Wohnzimmerfenster, und als er ins Zimmer kam, drückte sie gerade einen Schwamm über einem Wassereimer aus. »Ich musste zu einem Kunden, gleich hier um die Ecke, und ich war schneller fertig als erwartet.«

»Also Glück gehabt.« David setzte seinen Rucksack ab.

»Und wie man sieht, genießt du deine freie Zeit.«

Seine Mutter rieb die Scheibe mit einem Tuch trocken. »Muss wohl, Papa hat am Samstag die Fenster von außen gewaschen, und jetzt war ich an der Reihe. Guck dir nur das Wasser an, total dreckig.«

»Ach«, sagte David. »Ich an deiner Stelle würde Oma einmal nett anschauen, vielleicht darfst du dann doch eine Putzhilfe einstellen.«

»Du Quälgeist, setz lieber Teewasser auf.«

»Tut mir leid. Ich habe keine Zeit, aber ich hätte gern ein Plätzchen.« David öffnete die Keksdose.

»Ich dachte, nur *ein* Plätzchen? Du nimmst dir ja gleich die ganze Dose.«

Lachend kaute David. »Ich geh nach oben.«

»Hast du viele Hausaufgaben?«

David zog die Nase hoch. »Ich muss meine Buchbesprechung abgeben und deshalb vor sechs noch eben zur Bücherei flitzen, um ein paar Informationen über den Autor rauszusuchen.«

»Wenn du sowieso gehst, kannst du sicher mein Buch verlängern lassen?«, bat ihn seine Mutter.

»Hast du überhaupt Zeit zum Lesen?« David deutete auf die Anrichte, die voll mit dreckigem Geschirr stand. »Hat Oma auch etwas gegen eine Spülmaschine einzuwenden?«

»Ich habe doch eine Spülmaschine.« Mutter wrang den Schwamm über Davids Kopf aus.

»Ja, ja.« Schnell stibitzte er noch ein Plätzchen aus der Dose und lief dann nach oben.

Seufzend las er die Fragen durch. Was für ein Unsinn. Das Buch war ziemlich langweilig, und jetzt sollte er auch noch die Bedeutung des Titels erklären. Er versuchte, sich zu konzentrieren, aber es klappte nicht.

Da konnte er auch genauso gut erst noch ein bisschen Musik hören.

Immer wieder wanderten seine Gedanken zu der bevorstehenden Klassenfete. Wirklich spitze, dass auch Niels' Band *Punkt aus* spielen würde, denn auf der letzten Fete hatte er sich total über Niels geärgert, jedes Mal, wenn er mit Vera hatte tanzen wollen, war dieser ihm nämlich zuvorgekommen. Diesmal brauchte er sich deswegen keine Sorgen zu machen, denn sein Freund würde den ganzen Abend Gitarre spielen. Als sein Lieblingslied erklang, geriet David ins Träumen . . .

Er geht auf Vera zu und bringt sie zur Tanzfläche.
»Du tanzt wirklich toll«, sagt Vera.
»Findest du?«, antwortet David so lässig wie möglich.

*Nach der House-Nummer ruft er der Band zu: »Jetzt bitte
eine langsame Nummer, Leute.«*

*Sobald die Band einsetzt, legt er seine Arme um Vera und
sieht, dass sie errötet.*

»Du bist doch nicht verlegen?«

*»Ich bin so froh, dass du heute mit mir tanzt«, antwortet
sie. »Auf der letzten Fete hast du mich kein einziges Mal
gefragt.«*

*»Es ging nicht.« David drückt Vera leicht an sich. »Du hast
die ganze Zeit mit Niels getanzt.«*

*»Ich hätte lieber mit dir getanzt.« Vera legt ihren Kopf auf
seine Schulter.*

*David streicht über ihr braunes Haar. »Findest du Niels nicht
nett?«*

*»Doch schon«, sagt Vera, »aber nur als guten Freund, ver-
stehst du?«*

*Sie sehen sich an. Ihre Gesichter kommen sich immer näher
und plötzlich küssen sie sich . . .*

David schreckte auf. Wie schmeckten Veras Lippen? Diese
Frage hatte er sich in den letzten Wochen bestimmt hun-
dertmal gestellt, nur schade, dass er die Antwort noch immer nicht wusste.

Da sollte er sich besser mit Paul Nobbes Fragen beschäfti-
gen. *Wie kannst du die Hauptperson charakterisieren?*
Nachdem er den Kassettenrekorder ausgestellt hatte, kaute er an seinem Bleistift und las die Fragen noch einmal genau durch, bevor er endlich anfing zu schreiben.

Erst als er den Staubsauger im Flur hörte, blickte er auf.
Fünf Uhr, er musste noch zur Bücherei. Schnell legte er seinen Stift beiseite und stand auf.

»Wo liegt dein Buch?«, fragte er seine Mutter im Vorbeigehen.

»Unten auf dem Tisch. Nur verlängern, denk dran, nicht zurückgeben.«

»Ja, ja.«

David zog seine Jacke an und packte das Buch in den Rucksack. »Bis später.« Schon war er draußen.

In der Bücherei war es sehr ruhig. Das passte gut, dann konnte er jemanden um Hilfe bitten, denn er wusste nicht genau, wo die Ordner mit den Autobiografien standen. Erst würde er das Buch verlängern lassen. Es wäre mal wieder typisch für ihn gewesen, das zu vergessen.

»Hallo, David«, hörte er, als er das Buch auf den Schalter legte. David musste kurz überlegen, dann wusste er es wieder: Neben ihm stand Jochens Mutter.

»Was machst du denn hier?«, fragte sie. »Jochen ist doch bei dir?«

David sah überrascht auf. Jochen bei ihm? »Wie meinen Sie das?«

»Ihr macht doch jeden Nachmittag zusammen Hausaufgaben?«

Jetzt wurde David bewusst, dass Jochen seine Mutter anlog. Was sollte der Quatsch? Verraten wollte er Jochen zwar nicht, aber gleich morgen würde er ihn fragen, warum er sich so etwas ausdachte. Er und Jochen zusammen Hausaufgaben machen, was für eine blöde Idee!

Die Frau hinter dem Schalter nahm das Buch entgegen. »Willst du es zurückgeben?«

»Ja äh . . . nein«, antwortete David verwirrt. »Es soll verlängert werden.«

Sie sah in ihrem Computer nach und bemerkte säuerlich: »Schon wieder, es ist schon zweimal verlängert worden.« David konnte der Frau schlecht erklären, dass seine Mutter kaum Zeit zum Lesen hatte, weil sie sich keine Hilfe im Haushalt suchen wollte. Außerdem, was ging die Frau das überhaupt an?

»Das macht meine Mutter häufiger«, antwortete er. »Wenn ihr ein Buch gefällt, liest sie es ein paar Mal.« Er merkte, dass Jochens Mutter noch etwas zu ihm sagen wollte, deshalb erklärte er schnell: »Ich muss nur eben Informationen zu einem Autor heraussuchen.«

»Oh, ich versteh schon, dann lernt Jochen in der Zwischenzeit bestimmt für Deutsch. Er findet die Sprache ziemlich schwierig. Schön, dass du ihm so toll hilfst. Ihr versteht euch gut, nicht wahr? In zwei Wochen hat Jochen Geburtstag, da würde ich deine Eltern gern zu einem Gläschen einladen. So lernen wir uns mal kennen, denn schließlich verbringt Jochen doch seine Nachmittage bei euch.«

Seine Eltern einladen? Das wurde ja immer schlimmer. Was hatte Jochen seiner Mutter alles erzählt? Jetzt wurden seine Eltern auch noch mit einbezogen. Bevor Jochens Mutter noch weitere Fragen stellen konnte, fragte David rasch nach dem Ordner mit den Autorenbiografien.

»Ich zeig dir eben, wo er steht«, sagte der Bibliothekar.

»Tut mir leid«, sagte David entschuldigend zu Jochens Mutter und folgte dem Mann.

»Ich versteh schon, Junge, geh nur.« Jochens Mutter reichte der Frau ihre Bücher über den Schalter.

»Du kannst es heute Abend zu Ende lesen, Mama.« David legte das Buch vor seiner Mutter auf den Tisch.

Sie sah von der Zeitung auf. »Geht leider nicht, ich muss zu einem Klavierkonzert.«

»Doch nicht etwa von Oma, oder?«

Seine Mutter seufzte. »Sie gibt heute Abend ein Konzert.«

»Da hast du aber Glück.« Mit der Mappe unterm Arm verließ David das Zimmer, doch an der Tür drehte er sich noch einmal um. »Hat Oma Herrn Deutekom auch eingeladen?«

Seine Mutter zündete sich eine Zigarette an. »Nein.«

»Und die anderen Nachbarn dürfen alle kommen?«

»Ja.« Seine Mutter klang verlegen.

»Wie gemein, den Mann ganz allein in seiner Wohnung sitzen zu lassen. Wieder mal typisch Oma. Nur weil sie der Ansicht ist, er grinse hinterhältig. Armer Kerl, er kann schließlich nichts für sein Aussehen. Aber wenn Oma verreist, ist er gut genug, um die Blumen zu gießen.«

»Ach«, entgegnete seine Mutter, »so ist das nun einmal, und ich spreche das Thema nicht an, sonst wird es nur noch schlimmer.«

»Das kannst du doch gar nicht wissen, bislang hast du Oma noch nie widersprochen. Warum probierst du es nicht?«

»Warum soll ich ihr widersprechen?«

»Weil sie den Mann ausschließt«, sagte David. »Und sie hetzt alle gegen ihn auf. Ich verstehe nicht, dass er noch nicht umgezogen ist. Du erzählst mir doch auch ständig, dass ich für Jochen eintreten muss.«

»Das ist was anderes.« Seine Mutter zog an ihrer Zigarette. »Sie ist meine Mutter.«

»Ich sehe da keinen Unterschied«, sagte David. »Sie schikaniert den Mann schon seit Monaten, und du machst dich mitschuldig, wenn du nichts dagegen unternimmst. Du kannst sie doch anrufen? Probier's doch einfach!«

»Du hast recht. Ich werde sie anrufen, aber nicht, wenn du danebenstehst.« Seine Mutter zog sich in ihr Arbeitszimmer zurück.

»Und?«, wollte David wissen, als sie zurückkam.

»Sie war nicht da.« Seine Mutter wurde rot.

»Oh.« Er lachte. »Du traust dich nicht, sag es ruhig ehrlich.«

»Es ist kein guter Augenblick, ich hätte es wissen müssen. In zwei Stunden tritt sie auf, da wollte ich sie nicht aufregen.«

David zuckte mit den Schultern. »Es findet sich immer eine Entschuldigung. Ich sage mir auch immer: ›Beim nächsten Mal stehe ich Jochen bei, wenn sie ihn wieder hänseln.‹«

Sie sahen sich an und mussten lachen. »Was sind wir doch für zwei Angsthasen«, stellte David fest.

Seine Mutter nickte. »Wir wollen den Frieden bewahren und möchten von allen geliebt werden.«

David nahm seine Mappe und lief nach oben. In Gedanken hörte er noch die Worte seiner Mutter: *Wir möchten von allen geliebt werden.* Stimmt das? Er dachte zurück an den Vorfall mit dem Fisch. Warum war er nicht einfach mit Jochen mitgegangen? Er kannte die Antwort, denn er hatte sich nicht getraut, weil die anderen geglaubt hatten, es wäre ein Scherz, und zudem hatte er Angst gehabt, dass sie ihn für einen Spielverderber hielten. Beim nächsten Mal musste er seinen Mund aufmachen, denn in letzter Zeit merkte er immer häufiger, dass er nicht der Einzige war, der es schrecklich fand, wie sie Jochen behandelten. Doch wenn alle den Mund hielten, veränderte sich nichts. Wenn er nun den ersten Schritt machte, vielleicht bewegte das etwas?

David schlug den Ordner mit den Autoreninfos auf, las die erste Seite, aber der Text drang gar nicht zu ihm durch. Ständig musste er an das Gespräch mit Jochens Mutter zurückdenken. Warum erzählte Jochen ihr, dass er jeden Nachmittag bei ihm verbrachte? Wo trieb er sich wirklich herum?

David wusste nicht, wie er das finden sollte, und hätte gerne Niels davon erzählt, aber am Telefon konnte man nicht mit ihm reden, das hatte er schon früher gemerkt. Vielleicht sollte er lieber bei ihm vorbeigehen. Die dumme Buchbesprechung konnte er genauso gut heute Abend noch zu Ende schreiben. Kurz entschlossen zog er seine Jacke an.

»Ich fahr noch eben zu Niels rüber«, rief er Richtung Wohnzimmer. Er holte sein Fahrrad aus dem Schuppen, und dabei verhakte sich sein Pedal hinter dem Schutzblech eines anderen Fahrrads. David konnte nicht begreifen, warum seine Mutter dieses alte Rad nicht wegwarf. »Unser Reserverad«, nannte sie es, als ob man mit der Karre auch nur einen Meter weit käme. Er holte sein Rad heraus, sprang auf und sauste los.

Leider hatte er Pech, denn alle Ampeln standen auf Rot, und als er in den Bilderweg einbog, ging gerade die Zugbrücke hoch. An der Brücke zögerte er kurz. Sollte er erst bei Vera vorbeifahren? Dienstagabends hatte sie keinen Jazztanz, und er wusste, dass man von der Straße aus in Veras Zimmer sehen konnte.

Möglicherweise saß sie am Schreibtisch, aber dann musste er wirklich viel Glück haben, denn er war schon Dutzende

Male an ihrem Haus entlanggeradelt, und nie hatte sie am Fenster gesessen.

Sein Herz schlug schneller, als er in den Königinnenweg einbog, obwohl er noch drei Querstraßen von ihrem Haus entfernt war. Was sollte er sagen, wenn er ihr zufällig begegnete? Oh ja, er würde überrascht klingen: »Du wohnst hier? Witzig, genau in der Nähe meiner Tante.« Das würde sie doch sofort durchschauen.

Hoffentlich würde sie bald seine Freundin sein. Dann könnte er ohne eine Ausrede zu ihr fahren. Nun ja, ein bisschen mulmig war ihm bei diesem Gedanken schon zumute, vor allem wenn er an Veras Eltern dachte. Einmal hatten sie ihre Redaktionssitzung bei Veras Eltern zu Hause abgehalten und er hatte Frau Teunisse kennengelernt, die so vornehm gesprochen hatte, dass David Mühe gehabt hatte, ihr zu folgen.

Das Haus glich einem Museum. Allein schon die Gästetoilette. David hatte sich kaum getraut, das Klo zu benutzen, so schick hatte alles ausgesehen.

Nein, dann war ihm das wacklige Ding zu Hause viel lieber. Sein Vater sagte zwar jedes Jahr, sie müssten dringend das Bad renovieren, doch im Sommer fuhren sie dann doch wieder nach Frankreich, und die Renovierung musste wieder ein Jahr warten.

David bog in die Vossiusstraße ein. Hier parkten kaum Autos am Straßenrand, denn in dieser Gegend hatte jedes Haus eine eigene Garage. Er spürte, wie ihm das Herz bis zum Hals schlug, denn im nächsten Haus wohnte Vera. Aus dem Augenwinkel schielte er zum oberen Fenster hinauf und schluckte vor Schreck fast seinen Kaugummi runter.

Vor dem Haus stand ein grünes Mountainbike mit roten Gepäckgurten. Das war Niels' Fahrrad.

Was machte er bei Vera?

David bekam ein dumpfes Gefühl im Bauch und strampelte mit feuerrotem Kopf weiter, erst an der Ecke wendete er und fuhr zurück nach Hause.

11 In der Nacht hatte David kaum ein Auge zugemacht und war aus purer Verzweiflung früh aufgestanden. Seine Mutter hatte ihn prüfend angeblickt, als sie zu ihm ins Zimmer gekommen war, um ihn zu wecken, und feststellen musste, dass er bereits angezogen auf dem Bett saß. Doch glücklicherweise hatte sie nicht weiter gefragt, sonst wäre er bestimmt explodiert.

Zum wiederholten Male spielte er sein Lieblingslied, aber das konnte seine Laune auch nicht heben. Am liebsten hätte er alles zusammengeschlagen. Er konnte kaum glauben, dass ihm jetzt erst aufgefallen war, dass Niels und Vera was miteinander hatten. Das musste schon eine Zeit lang so gehen. Warum lieh sie Niels sonst ihr Englischheft? Und Niels bot auch nicht ohne Weiteres sein Taschengeld an.

David wartete, bis die Haustür ins Schloss fiel, erst dann ging er nach unten. Im Esszimmer stand das Frühstück noch auf dem Tisch, aber er hatte keinen Hunger. Schon gestern Abend hatte er keinen Bissen heruntergekriegt. Zuerst hatte seine Mutter wissen wollen, was los war, dann hatte sein Vater sich auch noch einmischen müssen, der Davids schlechte Laune immer auf die Pubertät schob, das war am einfachsten.

In letzter Zeit ärgerte sich David ziemlich über ihn. Vor allem wenn er von Schülern faselte, die ein laues Leben führten. Sollte er seinen Vater wegen der ständigen Geschäftsreisen nach Amerika wirklich bedauern?

Eigentlich müssten Eltern gezwungen werden, ihren Mund zu halten, wenn man schlecht drauf war. Warum gab es keine Lampe, die man anknipsen konnte, wenn man nicht gestört werden wollte, so wie die bei seinem Vater im Büro?

David fühlte an der Teekanne. Die war lauwarm, aber das war ihm im Moment auch egal. Ja, er hatte wirklich Glück mit einem solchen Freund, der einem die Freundin ausspannte. Und mit Niels konnte man auch nicht reden, denn der tat alles mit einem Scherz ab, so wie im letzten Jahr, als er ihm Maike vor der Nase weggeschnappt hatte. »Ach, weißt du, Smit, eine Freundin ist nichts für dich. Du willst doch etwas Bedeutendes leisten? Später wirst du mir noch dankbar sein.« Da hatte David noch darüber lachen können, weil er nicht so heiß verliebt gewesen war. Und Niels hatte irgendwie auch recht gehabt, denn David hatte sich hauptsächlich für Greenpeace engagiert. Tja, seitdem er in Vera verliebt war, hatte er nicht mal mehr die Post von Greenpeace geöffnet.

David trank einen Schluck Tee und brummelte weiter vor sich hin. Niels brauchte nicht zu glauben, dass er verrückt war. Diesmal würde er sich nicht so einfach abspeisen lassen.

Die Klassenfete konnte seinetwegen auch abgeblasen werden, denn Vera würde voraussichtlich den ganzen

Abend vor der Band herumscharwenzeln, und in den Pausen durfte er dann mit ansehen, wie sie und Niels sich küssten. Ohne ihn! Er würde schon eine Ausrede finden, Kopfschmerzen oder so. Sein Kopf war jetzt auch kurz vor dem Platzen.

David löste eine Aspirin in einem Glas Wasser auf und schüttelte sich, als er die bittere Flüssigkeit runterschluckte. Den fiesen Geschmack spülte er mit einem Schluck Tee weg. Er wäre am liebsten von der Schule abgegangen und hätte als Verkäufer in einem Supermarkt gearbeitet, denn im Moment war ihm alles ziemlich gleichgültig.

Nichts interessierte ihn mehr, auch nicht die Schülerzeitung, die heute erschien.

Mit einem missmutigen Gesicht erreichte David die Brücke, wo Niels schon auf ihn wartete. Meistens war sein Freund morgens noch nicht ansprechbar, aber heute machte er ein strahlendes Gesicht und pfiff sogar ein paar Lieder. Er musste verliebt sein!

»Ich hab eine tolle Neuigkeit«, sagte Niels, »aber du darfst es nicht weitererzählen.« Da hatte er es schon!

»Du brauchst nichts mehr zu sagen, ich weiß es längst.«

»Wie denn das?« Niels blickte David überrascht an, dann kam ihm die Erleuchtung. »Meine Mutter hat dir gestern erzählt, wo ich war.«

David schüttelte den Kopf. »Ich habe dein Fahrrad gesehen. Ich äh . . . ich fuhr zufällig da lang.«

Niels klopfte David auf den Rücken. »Aber dann weißt du noch nicht, wie es ausgegangen ist.«

»Nein«, murmelte David. Und er wollte es auch nicht wissen. Er war so in Gedanken versunken, dass er fast auf einen Lastwagen aufgefahren wäre, hätte Niels ihn nicht im letzten Moment am Arm gepackt.

»Ich wusste, dass sie mich nett findet«, sagte Niels. »Sonst hätte ich nicht gefragt.«

»Hat sie sofort Ja gesagt?«, wollte David wissen, als sie an der Ampel standen.

Niels nickte. »Sie hat mich schon selbst fragen wollen, aber ich bin ihr zuvorgekommen. Witzig, nicht? Wir haben Samstagmorgen verabredet. Vorläufig belassen wir es bei einem Mal in der Woche. Aber wenn es gut läuft, kann ich öfter kommen.«

»So«, sagte David.

»Klasse, nicht wahr? Aber du darfst es noch keinem erzählen. Ich will es noch geheim halten.«

David nickte. Er fühlte sich so elend, dass er nicht mal mehr einen Streit mit seinem Freund anfangen wollte.

»Weißt du, wie viel ich bekomme?«, fragte Niels.

»Wie meinst du das?«

»Was ich verdiene, natürlich. Oder denkst du, dass ich jeden Samstag umsonst die Bestellungen ausliefere. Ich finde die Frau vom *Edelweiß* ganz sympathisch, aber ich mache es eigentlich wegen der Kohle.«

Plötzlich dämmerte es David. »Du sprichst vom *Edelweiß*, dem Blumenladen am Kanal?«

»Was hast du denn gedacht?«, sagte Niels.

David seufzte vor Erleichterung und hätte am liebsten sein Rad zu Boden geworfen und jeden Fußgänger umarmt.

»Aber du verrätst nichts«, drängte ihn Niels. »Ich war gestern noch kurz bei Vera, um ihr das Englischheft zurückzubringen, aber ich habe nichts gesagt. Es ist mir ganz schön schwer gefallen, vor allem als sie fragte, warum ich so gute Laune hätte. Freust du dich für mich?«

»Du glaubst gar nicht, wie froh ich bin«, lachte David, allerdings brauchte Niels nicht zu wissen, warum er so froh war, sonst verplapperte der sich noch.

Jochen erschrak, als David ihn an den Fahrradständern entdeckte und direkt auf ihn zukam.

»Danke, dass du mich nicht verraten hast«, sagte er rasch. Noch bevor David etwas sagen konnte, verschwand Jochen zwischen den Schülern in die Schule. David wollte hinter ihm herlaufen, aber Yussef zog ihn am Arm.

»He, Drückeberger, ich bekomme noch zwei fünfzig für die Klassenfete.«

David öffnete sein Portemonnaie. »Bist du zum Schatzmeister befördert worden?«

Niels trat zu ihnen und sagte zu Yussef: »Also schicke ich dir die Rechnung der Band.«

»Ja, ja«, lachten die anderen. »Was bekommen wir eigentlich dafür, dass wir unser Gehör ruinieren lassen?«

»Und unseren Geschmack«, fügte David grinsend hinzu.

Niels wollte etwas erwidern, doch genau in dem Moment kam Marion mit einem Stapel Schülerzeitungen nach draußen. »Seht mal, habe ich gerade von Paulchen bekommen.«

»Zeig her!«

»Dein Comic macht sich gut, Marion«, sagte Yussef.

Sie lachten über einen Leserbrief der elften Klasse, die sich beklagte, dass Herr Brath sich bei ihnen immer Geld lieh, um seine Spielleidenschaft zu finanzieren.

»Es klingelt.« Da Vera bereits zweimal zu spät zur Englischstunde gekommen war, lief sie gleich los, doch in ihrer Eile bemerkte sie nicht, dass ihr Rucksack offen stand, und als sie ihn aufhob, fielen alle Bücher heraus.

David wollte ihr helfen und bückte sich nach dem Heftordner. Dabei merkte er nicht, dass Vera dieselbe Absicht hatte und sie stießen mit ihren Köpfen zusammen.

»Au!« Mit schmerzverzerrtem Gesicht rieb Vera sich den Kopf.

»Tut mir leid«, sagte David. Er ließ sich nichts anmerken, doch ihm stiegen die Tränen in die Augen. Während Niels Veras Bücher aufhob, blickte David mit rotem Kopf vor sich hin. Dass ihm das wieder passieren musste! Den Rest des Tages sollte er sich besser von Vera fernhalten.

»Armes Köpfchen.« Yussef streichelte über Veras Kopf.

David grinste. Solange Niels das nicht machte, fand er es okay.

Sie betraten das Klassenzimmer und sahen gleich, dass Herr Reuter seinen grauen Anzug trug. Das war kein gutes Zeichen, und das schien sich schnell zu bewahrheiten, als er mit dem Unterricht begann, denn die Jungen nannte er bei ihren Nachnamen und die Mädchen siezte er.

Ist er zu Hause auch so?, fragte David sich. Hörte sich doch sehr vertrauenerweckend an, wenn sein Vater ihn Smit nannte. Wie würde er wohl seine Frau anreden? Vielleicht alte Schachtel oder, noch schlimmer, mein Sahnetörtchen? David musste plötzlich an Onkel Karl denken, der seine Frau Tantchen nannte. »Kommst du mit, Tantchen?«, hatte er neulich gefragt. Sein Vater hatte es auch lachhaft gefunden, das wusste er. Tante Anne war auch noch aufgestanden, eben typisch eine Schwester seiner Mutter. Was Mann und Mutter sagten, war Gesetz. So wie letzte Woche, als am Sonntagmorgen ganz früh das Telefon geklingelt hatte. David war sich sicher gewesen, dass es Niels war, doch als er abgenommen hatte, war seine Oma dran gewesen.

»Mama schläft noch«, hatte er gesagt. »Es ist acht Uhr.«

»Dann weck sie doch bitte«, hatte seine Oma geantwortet. »Es ist nicht gesund, so lange im Bett zu bleiben.«

»Nein, Oma, das tu ich nicht. Lass Mama doch einmal ausschlafen.« Dann hatte er den Hörer aufgelegt.

»Ist sie jetzt völlig durchgeknallt?«, hatte sein Vater gesagt, und auch sein Bruder Rolf hatte es eine Unverschämtheit gefunden, aber seine Mutter hatte brav zurückgerufen, als sie aufgestanden war und er ihr von Omas Anruf berichtet hatte. »Ja, es ist gestern Abend spät geworden, Mutter.« Na klar, hatte David gedacht, jetzt entschuldigte sie sich auch noch, schließlich war sie erst vierzig, da musste man noch tun, was Mami sagte!

»Klasse, das mit dem Job«, flüsterte Niels.

»De Bruin«, donnerte Herr Reuters Stimme durch die Klasse. »Sie kennen die Regeln: Wenn ich rede, halten Sie den Mund.«

Sein Blick wanderte durch die Klasse. »Fräulein Teunisse, würden Sie bitte fortfahren.«

Vera schoss vor Schreck einen halben Meter aus der Bank und begann, mit hochrotem Kopf die englischen Sätze vorzulesen.

»Und jetzt bitte auf Englisch«, sagte Herr Reuter, als sie fertig war. »Vielleicht hilft es Ihnen, wenn Sie etwas näher neben mir stehen.« Er machte Vera ein Zeichen, nach vorne zur Tafel zu kommen.

Jetzt war Veras Kopf so rot wie ihre Lippen. Sadist, dachte

David, so schlecht war es auch wieder nicht. Vera hatte nur Mühe mit dem *th*. Als wenn das eine Katastrophe wäre, in England würden sie sie auch so verstehen.

Als Vera die Sätze vorgelesen hatte, nahm Herr Reuter das Buch und wiederholte alles noch einmal laut. »Das ist Englisch«, sagte er dann.

»Oh«, sagte David. »Ich dachte, es wäre ein typisch Amsterdamer Dialekt.« Die Worte sprudelten unvermittelt aus ihm heraus. Die Klasse brach in schallendes Gelächter aus, doch Herr Reuter zeigte zur Tür: »Smit, Sie können gehen.«

David packte genervt seinen Rucksack. Es würde ihn einen freien Nachmittag kosten, wenn er sich bei Herrn Schwarz meldete. Seine Tür stand offen, aber David klopfte vorsichtshalber doch lieber an.

»Ja!«, rief Schwarz, ohne aufzublicken. David betrat das Zimmer des Konrektors. Es lief genau so ab, wie er es erwartet hatte. Herr Schwarz ließ ihn nicht mal ausreden. David musste am Donnerstagnachmittag nachsitzen, und den Rest der Stunde konnte er in der Pausenhalle bleiben. Wenn er schon hier sitzen musste, konnte er genauso gut für Geschichte lernen.

Ein paar Minuten nach dem Klingeln strömten alle in die Pausenhalle, und Vera lief direkt zu ihm: »Das war wirklich ein guter Witz von dir.« Bei ihrem Lächeln schmolz David dahin.

»Musst du nachsitzen?«, fragte Niels.

David nickte mit strahlendem Lachen. Ihm war jetzt alles andere egal. Vera hatte ihn angelächelt, und für dieses Lächeln opferte er gern einen Nachmittag.

Als er Jochen in die Pausenhalle kommen sah, ging er zu

ihm. »Ich muss mit dir reden. Du warst heute Morgen so schnell weg, aber ich wüsste gern, warum du dir diese Lügen ausdenkst?«

Jochen blickte zu Boden. »Das geht dich doch nichts an!«

»Ach ja?«, entgegnete David empört. »Deine Mutter will meine Eltern einladen. Was hältst du davon? Wenn sie sich unterhalten, kommt doch alles sofort raus.«

»Das ist doch erst in zwei Wochen«, antwortete Jochen. »Dann ist längst alles vorbei!«

»Was ist dann vorbei?«, wollte David wissen.

»Ich kann nicht darüber reden«, sagte Jochen. »Du brauchst nicht weiter zu fragen, ich erzähle dir doch nichts.«

David versuchte es noch ein paar Mal, aber Jochen ließ nichts durchblicken und schrak zusammen, als Remco zu ihnen trat.

»Bitte geh jetzt«, sagte er mit Panik in der Stimme.

Okay, dachte David, aber er wusste, er würde es nicht auf sich beruhen lassen.

»Hast du Lust, dir meine neue CD anzuhören?«, fragte Niels, als sie nach Unterrichtsschluss vor der Schule standen.

»Ich muss um vier Uhr beim Zahnarzt sein«, log David.

Während Niels und Yussef sich eine Zigarette anzündeten, behielt David Jochen im Blick.

»Bis morgen.« Sobald Jochen auf sein Fahrrad stieg, fuhr David hinter ihm her.

Er hatte noch nie jemanden verfolgt, und es war schwieriger, als er dachte, denn er wollte nicht so dicht hinter Jochen herfahren, doch wenn der Abstand zu groß wurde, verlor er ihn vielleicht aus den Augen.

Mit einem Mal merkte David, dass Jochen nach Hause fuhr. Das machte die ganze Sache einfacher, und so stoppte er vor der Bücherei, an der Ecke zur Emmenallee. Von hier aus konnte er Jochens Haustür im Auge behalten, und wenn Jochens Mutter wieder zufällig vorbeikam, konnte er in der Bücherei verschwinden.

David sah in die Luft. Er hatte sich wirklich einen schönen Tag ausgesucht! Dunkle Wolken hingen drohend über den Häusern, und es sah so aus, als würde es jeden Moment anfangen zu regnen. Wahrscheinlich dauerte es nicht lange, bis Jochen aus dem Haus kam, denn gestern um diese Zeit hatte er angeblich seine Hausaufgaben bei David zu Hause gemacht.

»Was machst du denn hier?«

David blickte in Marions Gesicht. »Ich äh . . . ich musste eben zur Bücherei.«

Marion sah ihn überrascht an. »Traust du dich nicht rein?«

»Ich habe eine Verabredung«, sagte David, doch im selben Augenblick tat es ihm schon leid, dass er sich herausredete. Und wirklich, Marion musste ihn gleich damit aufziehen.

»Oh, du hast eine Verabredung. Ich dachte mir schon, dass du verknallt bist. Man sieht es dir schon eine Zeit lang an.«

David wollte etwas erwidern, doch dann sah er Jochen vorbeifahren. Was sollte er tun? Wenn er jetzt losfuhr, verstand Marion natürlich gar nichts mehr.

»Ich darf dein Liebchen nicht sehen, was?«, neckte ihn Marion. »Keine Sorge, ich bin schon weg.«

»Das ist nicht nötig.« David wollte erklären, dass es nicht so war, wie sie dachte, aber Marion schenkte ihm keine Beachtung mehr. »He, da läuft Rick vom Kickboxen, den

muss ich eben erschrecken. Viel Spaß mit deinem Schatz.«
Schon rannte sie hinter einem Jungen her und klopfte ihm
von hinten auf die Schulter. »Rat mal, wie hoch ich dieses
Wochenende gewonnen habe!«
Erst als die beiden durch die Pendeltüren verschwanden,
wagte David es, Jochen zu folgen. Er sprang aufs Rad und
sauste auf die Straße, doch Jochen war nirgendwo mehr
zu sehen.

12 Während er von seinem Brot abbiss, überflog David
noch einmal seine Deutschvokabeln und kreuzte jedes falsche Wort an. Hundertzwanzig deutsche Vokabeln mussten sie kennen. Das war wieder typisch Dick Brath. Brath
stand mit achtzig Punkten an dritter Stelle in der Lehrer-
Hitliste, doch bestimmt würde er noch weiter vorrücken,
wenn er nicht immer so viele Hausaufgaben aufgeben
würde.
Warum hatte er nur gestern Abend nicht besser für Deutsch
gelernt, statt ein Gedicht über Vera zu schreiben? Er hatte
mindestens zwanzig Kreuze in seinem Heft stehen. Würden
alle Wörter auf die Innenseiten seiner Finger passen?
Er nahm einen Stift, versuchte, so klein wie möglich auf seine Finger zu schreiben, und betrachtete abschließend prüfend sein Werk. Wirklich eine klasse Idee von Marion, man
merkte absolut nichts. Dick Brath behauptete immer, dass
bei ihm niemand mogeln konnte. Wem es doch glückte,
durfte sich am Ende der Klassenarbeit melden und bekam
einen Schokoriegel. Doch bis jetzt hatte sich noch keiner

einen verdient. Ihr Deutschlehrer sah alles, sogar den winzigen Spickzettel, den David vor der ersten Arbeit in diesem Schuljahr in sein Etui gesteckt hatte.

Bei der letzten Arbeit hatten sie die Handinnenflächen vollgeschrieben und nicht damit gerechnet, dass Dick Brath auch die andere Hand kontrollieren würde. Der Plan war total schiefgegangen, und sie mussten nicht nur auf den Schokoriegel verzichten, sondern schuldeten Dirk Brath auch noch eine Tüte Lakritz.

Zufrieden betrachtete David seine Finger. Kein Mensch würde etwas merken, auch Dirk Brath nicht. Er erschrak, als er auf seine Uhr blickte. Es war schon zwanzig nach acht. In zehn Minuten hatte er es noch nie bis zur Schule geschafft, schon gar nicht mit seinem Lieferrad. Sollte er das Rennrad seines Vaters nehmen? Der hatte doch unbedingt ein funkelnagelneues Rennrad haben müssen, um seinen Bauch abzutrainieren, aber bisher war er höchstens zweimal damit gefahren.

Vor einigen Tagen war der Hosenknopf seines Vaters abgesprungen, und David hatte einen Lachkrampf bekommen und gemeint: »Man merkt, dass du Rennrad fährst, Papa.«

Sein Vater war ziemlich sauer geworden und hatte geschnaubt: »Wann soll ich damit fahren, nachts vielleicht?«

Es klingelte bereits zum zweiten Mal, als David auf den Schulhof bog, japsend die Treppen hochrannte und die Tür zum Klassenzimmer aufriss. Dick Brath sah auf seine Uhr: »Hast du eine Entschuldigung?«

David schüttelte den Kopf. »Ich dachte, ich wäre noch rechtzeitig.«

»Na gut, setz dich«, sagte der Lehrer.

David ließ sich neben Niels auf den Sitz fallen. Der beschwerte sich Gott sei Dank nicht, dass er wieder mal vergebens auf ihn gewartet hatte.

»Darf ich eure Hände sehen?« Dick Brath lief schmunzelnd durch die Tischreihen.

»Bitte, Sie können sie gern sehen.« Sie hielten ihre Finger aneinander und zeigten ihm ihre Hände von allen Seiten.

»Brav.« Während Dick Brath die Arbeitsblätter aus seiner Aktentasche holte, fiel sein Blick auf die Titelseite der Zeitung und mit einem erschrockenen Gesicht sah er die Klasse an. »Habt ihr das gelesen? Heute Nacht ist wieder eine Brandbombe in einem Asylantenheim in Deutschland explodiert.«

»Wie schrecklich«, sagte Marion. »Ich habe es heute Morgen schon in den Nachrichten gehört. Sechs Tote. Ich glaube, es waren auch zwei Kinder darunter.«

»Selbst schuld«, fand Leon. »Die sollten besser in ihrem eigenen Land bleiben.«

»Was ist das für eine blöde Bemerkung?«, antwortete Yussef scharf.

»Ich weiß, was Leon meint«, entgegnete Kim. »Sie haben da selbst keine Arbeit.«

Jetzt mischten sich auch andere Schüler ein, doch die meisten waren nicht Leons Meinung.

»Die Leute sind nicht zum Spaß geflüchtet«, sagte Niels. »Dachtest du etwa, dass sie gern alles zurückgelassen haben?«

Es wurde eine angeregte Diskussion, in der Dick Brath immer wieder darauf zurückkam, dass die Welt allen gehörte und dass die Menschen lernen müssten, einander zu respektieren. Nach einer Dreiviertelstunde hatte er die meisten überzeugen können.

»Also, Leute«, sagte Dick Brath, während er die Arbeitsblätter wieder einpackte. »Die Arbeit verschieben wir auf nächste Woche. Ich fand die Stunde sehr wichtig, viel wichtiger als das Abfragen von Deutschvokabeln. Wer ist derselben Meinung?«

Beinahe die ganze Klasse hob die Hand.

»Sie können uns ja allen eine Zwei geben«, sagte Marion.

Dick Brath schüttelte den Kopf. »Das hättet ihr gerne. Ich bekomme von euch eine Tüte Lakritz.« Er deutete auf die Seiten der gehobenen Finger. »Ich habe euch doch gesagt, dass bei mir niemand schummeln kann. Ihr wart natürlich wieder so naseweis, und dafür müsst ihr bezahlen.« Lachend öffnete er das Klassenbuch und trug die Deutscharbeit für die folgende Stunde ein.

David hätte es sich denken können, dass Marion jedem erzählte, dass er gestern Nachmittag eine Verabredung gehabt hatte. Yussef war der Erste, der davon anfing. »Warum dürfen wir sie nicht kennenlernen?«

»Das versteh ich auch nicht«, stimmte Niels ihm zu. »Und warum tust du deinen engsten Freunden gegenüber so geheimnisvoll?«

David steckte zwei Geldstücke in den Automaten und zog sich eine Tüte Chips. »Ihr kriegt sie noch zu sehen. Wir bleiben für immer zusammen, das weiß ich mit Sicherheit, denn es war bei uns Liebe auf den ersten Blick.«

»Wo hast du sie kennengelernt?«, fragte Marion.

»Bei meiner Oma.« David hielt den anderen die Tüte hin.

»Sieht sie gut aus?«, wollte Niels wissen.

»Ich finde sie attraktiv, das versteht sich von selbst, sonst hätte ich mich nicht in sie verliebt.« David machte ein so ernsthaftes Gesicht, dass sie ihm glaubten.

»Hast du sie schon geküsst?«, fragte Yussef ihn aus.

David nickte. »Wir sind uns sogar noch näher gekommen.«

»Wo?«

»Im Zimmer meiner Oma. Du hättest uns sehen müssen, wie wir über den Boden gerollt sind. Später haben wir einen Spaziergang im Park gemacht.«

»Wie romantisch.« Vera lief zu einem Tisch und hielt ihn für die anderen frei. David setzte sich ihr gegenüber und fragte sich insgeheim, ob sie wohl eifersüchtig war. Aber Vera verzog keine Miene. Niels zog eine Cola aus dem Automaten und setzte sich zu ihnen. »Erzähl uns mehr von ihr.«

»Sie wandert gern«, sagte David. »Und ich auch, das passt gut.«

»Bringst du sie mit zur Klassenfete?«, fragte Marion. »Dann lernen wir sie kennen.«

»Ich glaube nicht, sie mag eher klassische Musik . . .«

Niels gab seinem Freund einen Tritt. »Hast du ein Foto von ihr?«

Als David nickte, rissen sie ihm beinah den Rucksack aus der Hand. »Mach auf!«

»He, Moment mal«, protestierte David. »Erst muss Niels schwören, dass er sie mir nicht ausspannt. Sie ist genau dein Typ, de Bruin.«

»Du weißt, dass ich auf Mädchen mit rotem Haar stehe«, sagte Niels.

»Ja«, lachte Vera. »Und auf Mädchen mit schwarzem Haar und mit blondem und mit braunem.«

»Augen zu.« David schlug sein Heft auf und küsste das Foto. »Das ist sie!«

Als sie die Augen öffneten, brachen alle in schallendes Gelächter aus. »Mensch, das ist ja Durak . . . das hätten wir uns denken können.«

»Du glaubst also, dass ich auf Hunde stehe?« Niels schüttelte lachend den Kopf.

Marion nahm sich ein paar Chips aus Davids Tüte. »Ich dachte wirklich, du hättest eine Verabredung.«

»Typisch Marion«, zog David sie auf. »Ich steh bloß vor der Bücherei und warte, da denkt sie gleich, dass ich verliebt bin.«

»Du machst in letzter Zeit wirklich einen verliebten Eindruck«, sagte Vera.

David blickte sie an. Natürlich sehe ich verliebt aus, hätte er gern geantwortet, das liegt an deinen tollen roten Lippen und deinen braunen Locken. Ich verzehre mich seit Wochen nach dir. Babe, komm in meine Arme, ich möchte dich küssen . . .

Aber das Einzige, was er sagte, war: »Oh.« Und vor Nervosität begann er, auch noch blöd zu lachen. Wer wollte so einen Idioten zum Freund? Vera sollte er lieber gleich vergessen, die konnte Bessere bekommen.

»Sollen wir noch eine rauchen?«, fragte Niels.

Yussef schüttelte den Kopf. »Ich rauche nicht mehr.«

»Und ich auch nicht«, sagte Vera. »Wisst ihr, dass man zehn Jahre früher stirbt, wenn man raucht? Das hat ein Lungenarzt im Fernsehen berichtet.«

»Was für ein Glück!« Niels stand sofort auf.

Yussef knüllte seine leere Brottüte zusammen. »Ich brauch auch ein bisschen frische Luft, um wieder wach zu werden.«

»Aber du rauchst keine«, sagte Vera. »Wir wollten doch zusammen aufhören.« David sah, wie sie Yussef in den Nacken kniff, und zum ersten Mal tat es ihm fast leid, dass er nicht rauchte.

Während der Aufgabenbetreuung bei Tino wurde das Programm für die Klassenfete besprochen.

»Hört mal«, sagte Tino. »Yussef und Niels haben mir eine Getränkeliste gegeben.«

»Ja«, sagte Niels. »Wir hatten an Möhrensaft gedacht.«

»Möhrensaft?« Die Hälfte der Klasse musste würgen.

»Für diejenigen, die keinen Möhrensaft mögen, haben wir auch Rote-Bete-Saft«, fügte Yussef mit ernster Miene hinzu.

»Ja«, bekräftigte Niels, »und zum Essen dachten wir an Blumenkohl, Krautsalat und natürlich leckere Möhren, die man beim Tanzen knabbern kann.«

»Ich hör schon«, lachte David. »Es wird eine echte Hasenparty.«

Niels nickte. »Das passt gut zu unserer *House Music*.«

»Könnt ihr auch romantische Musik spielen?«, wollte Sanne wissen. »Ich möchte langsam tanzen.«

»Doch nicht etwa mit mir?«, stöhnte Justin.

»Nein«, entgegnete Sanne. »Ich möchte endlich einen leckeren feuchten Zungenkuss von unserem Schweinchen.«

»Pass bloß auf, dass du keine Schweinepest bekommst«, sagte Remco. »Findet ihr nicht auch, dass unser Schwein in letzter Zeit ein bisschen krank aussieht?«

»Vielleicht müssen wir einen Arzt kommen lassen«, sagte Sanne.

»Nein«, antwortete Justin. »Da ist nichts mehr zu machen.

Schaut ihn euch noch einmal gut an, Leute. Er ist schon in der Endphase.«

»Schluchz«, sagte Sanne. »Wir werden ihn vermissen.«

»Eure Klasse wird bei den Volleyballturnieren keine großen Chancen mehr haben«, setzte Tino noch einen drauf.

David blickte zu Jochen hinüber, aber der verzog keine Miene. Früher hatte er noch mitgelacht, aber jetzt saß er nur noch teilnahmslos da. David fragte sich oft, was wäre, wenn Jochen aufstand und sie alle mal beschimpfte. Er wusste nicht, was passieren würde, und würde es wohl auch nie erfahren, denn das war nicht Jochens Art. Er hatte noch nie lauthals protestiert, noch nie!

Noch immer hatte David nicht herausgefunden, warum Jochen log, und so folgte er ihm nach der Schule erneut. Diesmal blieb er nicht an der Bücherei stehen und wartete, sondern bog direkt in die Straße ein, in der Jochen gestern verschwunden war, und versteckte sich dort hinter einem geparkten Auto.

Er brauchte nicht lange zu warten, denn nach zehn Minuten fuhr Jochen an ihm vorbei, radelte unter der Brücke hindurch und bog am Ende der breiten Straße links ab ins Neubaugebiet, wo er vor einer Lagerhalle stoppte. Er stellte sein Rad an einem Baum ab und ging hinein. Als David näher kam, ging ihm plötzlich ein Licht auf: Jochen trug Zeitungen aus. In der Lagerhalle warteten noch andere Jungen und Mädchen, und in kurzen Abständen kamen sie jeweils mit einem Stapel Zeitungen nach draußen. Jochen teilte also Zeitungen aus, aber warum tat er so geheimnisvoll? Jochens Mutter machte nicht den Eindruck, als sei sie sehr streng und würde ihm das verbieten? Justin teilte auch Zeitungen aus, das wussten alle in der Klasse.

David ging näher an die Lagerhalle heran und konnte hören, wie eine Männerstimme sagte: »Van der Leek.« So hieß Justin mit Nachnamen. Als David hinüberschielte, sah er, dass Jochen vortrat, und schlagartig verstand er, warum er so geheimnisvoll tat. Diese Stelle machte er nicht zum Spaß, sondern die drei hatten ihn gezwungen, für Justin die Zeitungen auszutragen und ihnen das Geld zu geben.

Sobald Jochen nach draußen kam, ging David zu ihm.

»Du hast also einen Job, während du angeblich mit mir Hausaufgaben machst?«

»Na und?« Jochen hängte die mit Zeitungen voll bepackte Fahrradtasche über seinen Gepäckträger. »Das muss ich doch selbst wissen? Ich brauche das Geld.«

»Oh ja, und warum erzählst du dann deiner Mutter, dass du bei mir bist? Das ist gar nicht dein Bezirk, Mensch. Gib zu, dass du für Justin van der Leek die Zeitungen rumbringst.«

Jochen scharrte nervös mit seinem Fuß über den Boden. »Ist das vielleicht verboten?«

»Sag schon die Wahrheit, Jochen. Sonst geh ich zu deiner Mutter.« Erst als David Anstalten machte loszufahren, rief Jochen ihn zurück. »Wenn ich zwei Wochen für Justin die Zeitungen austrage, hören sie auf, mich zu schikanieren.«

David blickte Jochen ins Gesicht. »Und das glaubst du?«

Jochen nickte. »Sie haben es geschworen.«

»Wann sind die zwei Wochen um?«, wollte David wissen.

»In einer Woche«, sagte Jochen. »Wenn die Klassenfete stattfindet, habe ich es hinter mir. Das passt gut, sonst würde ich es nicht tun. Was siehst du mich so an? Du verstehst doch sicher, dass ich nicht mehr schikaniert werden will, oder etwa nicht?«

»Ja«, antwortete David. »Aber ich finde es beschissen von den dreien, dass sie dich so einfach in der Hand haben.«

»Das haben sie schon lange«, sagte Jochen. »Du müsstest mal mein Tagebuch lesen, das ist voll mit Berichten über ihre Schikanen.«

David nickte. »Das weiß ich. Ich ärgere mich, dass ich bisher nie etwas gesagt habe, aber wenn sie jetzt ihr Wort nicht halten, kannst du auf meine Hilfe zählen.«

»Wirklich?« Jochen blickte David an.

»Ich schwör es.« David hob zwei Finger hoch, dann schwang er sich auf sein Rad und fuhr davon. Den ganzen Weg über spürte er seine Wut. Diesmal waren sie zu weit gegangen, viel zu weit, und am liebsten wäre er sofort zu Justin gefahren, aber er wusste nur zu gut, dass er Jochen damit alles verdarb. Er beschloss, vorerst seinen Mund zu halten, aber wenn sie ihren Schwur brachen, würde er zuschlagen. Und diesmal würde er sich trauen, das wusste er sicher, auch wenn er der Einzige war.

13 Den ganzen Nachmittag lag David mit einem Comic auf dem Bett. Er hatte für morgen keine Hausaufgaben auf, weil heute Abend die Klassenfete stattfand. Er seufzte. Es war erst vier Uhr, und die Zeit schien stillzustehen. Er hatte noch kein Wort gelesen, denn er konnte nur an heute Abend denken, an den großen Abend, an dem er

Vera endlich fragen würde. Wenn sie überhaupt kam, denn heute Morgen hatte sie über Kopfschmerzen geklagt und war nach der Turnstunde nach Hause gegangen. Marion hatte zwar gesagt, Vera käme auf jeden Fall zur Fete, aber das konnte man natürlich nicht mit Sicherheit sagen.

David dachte nach, was er tun könnte. Er hätte gern Billard gespielt, aber mit wem? Yussef brauchte er gar nicht erst anzurufen, der saß im Festausschuss, genau wie Niels. Niels hatte zudem noch eine Generalprobe mit der Band. David räumte seinen Comic weg. Er sollte besser etwas Sinnvolles tun, sonst ging der Nachmittag nie vorbei. Er könnte beispielsweise die Post von Greenpeace durchsehen, die schon seit Wochen auf seinem Schreibtisch lag. In dem Moment, als David den Umschlag aufreißen wollte, klingelte das Telefon.

Hoffentlich nicht wieder Oma, dachte David, denn ihm stand der Sinn nun wirklich nicht nach ihrem Genörgel. Als er den Hörer abnahm, hörte er Niels' düstere Stimme.

»Smit, du musst mir helfen. Ich hab ein Problem. Die Probe ist gründlich schiefgegangen.«

»Was meinst du?«, fragte David. »Ihr hattet doch nicht etwa Streit?«

»Noch schlimmer«, entgegnete Niels mit Grabesstimme. »Wir haben uns aufgelöst, die Band gibt es nicht mehr.«

David wurde sauer. »Das könnt ihr doch nicht machen, ein paar Stunden vor der Fete.«

»Ich kann es auch nicht ändern«, sagte Niels. »John wollte nicht mehr mitmachen.«

»Dann spielt ihr eben ohne John.«

»Das habe ich auch vorgeschlagen, aber das wollten die

anderen nicht. Und Rianne ist heulend rausgelaufen, sodass wir jetzt auch ohne Sängerin dastehen.«

»Es ist doch nicht zu fassen«, sagte David. »Soll das ein
schlechter Scherz sein?«

»So witzig ist das nicht. *Punkt aus* ist tot und begraben«, sagte Niels theatralisch. »Ich denke, ich sollte für heute Abend
besser ein bisschen Musik aufnehmen. Kannst du mir ein
paar tolle Kassetten zum Aufnehmen vorbeibringen?«

»Na, das ist aber was mit *Punkt aus*«, sagte David.

»Meckre nicht rum, Mann. Meinst du, ich wäre begeistert?
Weißt du, wie viel Energie ich in die Band gesteckt habe?
Ich habe angefangen . . .«

»Ja, schon gut.« Die Geschichte kannte David schon auswendig, denn jedes Mal, wenn Niels' Band sich mal wieder
auflöste, bekam er dieselbe Geschichte zu hören. »Ich
bring dir meine Kassetten vorbei.« Noch bevor Niels antworten konnte, hatte David bereits aufgelegt. Zu dumm,
dass sie jetzt keine Livemusik hatten, aber noch schlimmer
war, dass Niels den ganzen Abend nicht beschäftigt sein
würde. Nun, er wollte sich seine Laune nicht durch ihn und
seine Band vermiesen lassen.

David lief in sein Zimmer und suchte passende Musik heraus und sah sich bei jeder Nummer in Gedanken schon
mit Vera tanzen. Er packte die Kassetten in den Rucksack
und holte sein Rad aus dem Schuppen. Unterwegs dachte
er daran, was es für ein toller Abend werden würde. Ob
nun mit oder ohne Band. Und er würde dafür sorgen, dass
Niels de Bruin Vera nicht zu nahe kam.

Während er unten die Stimme des Nachrichtensprechers
hörte, betrachtete David sich kritisch im Spiegel. Willst du

mit mir gehen? Nein, das klang ein bisschen erbärmlich, er musste sich etwas anderes überlegen. Er wollte auch nicht betteln. »Ich würde gern mit dir gehen«, sagte er laut. Oder klang das zu lässig? Er zögerte. Natürlich durfte er nicht wie ein Angsthase auftreten, aber auch nicht zu cool. Er ging mit sich selbst streng ins Gericht. Es gab kein Zurück, er durfte heute Abend nicht ins Bett gehen, bevor er Vera nicht gefragt hatte! Würde das helfen? Nicht wirklich, schließlich konnte er immer noch auf dem Boden schlafen. Er musste sich etwas anderes ausdenken. Als er den Lautstärkeregler seines Kassettenrekorders aufdrehte, kam ihm die Idee. Er musste drei Samstagabende zu Hause bleiben. Eine solche Strafe würde vielleicht helfen, denn dann musste er bei seinen Eltern sitzen und fernsehen. Und abends war das meist nicht auszuhalten, weil sein Vater immer so stinklangweilige Sendungen guckte.

»Bleib doch mal einen Abend gemütlich bei uns sitzen«, hatte seine Mutter erst vor ein paar Tagen gesagt, Oh ja, es war wirklich wahnsinnig gemütlich gewesen! Sie hatten irgendeine politische Sendung geguckt, und als er etwas hatte erzählen wollen, hatte sein Vater »Psst« gemacht und seine Mutter hatte anderthalb Stunden mit ihrer Freundin am Telefon gequatscht. Vor Langeweile war er früh ins Bett gegangen. Nein, drei Abende Hausarrest würden als Strafe reichen.

Er blickte zufrieden in den Spiegel. Eigentlich konnte nichts schiefgehen, wenn er Niels im Auge behielt. Plötzlich fiel ihm ein, dass er noch Stift und Papier mitnehmen musste, weil Niels sich irgend so ein blödsinniges Spiel ausgedacht hatte. Nun, wie er Niels kannte, konnte das was werden . . .

David packte alles in den Rucksack, lief nach unten und steckte den Kopf durch die Wohnzimmertür. »Ich geh dann.«

»Funktioniert dein Licht wieder?«, fragte sein Vater.

David seufzte verärgert auf. »An Rolfs Fahrrad war das Licht kaputt.«

»Hast du den Schlüssel dabei?«, fragte seine Mutter. »Dein Vater geht heute Abend zum Bridge, und ich muss zu einer Versammlung.«

»Sonst noch irgendwelche wichtigen Fragen?« David blickte seine Eltern lachend an.

»Nein, viel Spaß«, antworteten sie und schauten schon wieder auf den Fernseher.

David radelte am Kai entlang und fuhr dann extra durch den Königinnenweg, aber natürlich begegnete er Vera nicht. Stattdessen sah er Jochen vor sich herfahren, den erkannte er an seinem roten Rucksack. Er hatte keine Lust, ihn einzuholen, so unterhaltsam war der auch wieder nicht.

An der Ecke zum Bäckerkai sah er schon von Weitem, dass bei Tino eine Fete stattfand, denn auf dem Bürgersteig standen Dutzende Fahrräder, und die Musik konnte er noch drei Häuser weiter hören. Tino war so schlau gewesen und hatte seinen Nachbarn eine Karte fürs Kino geschenkt, damit sie sich nicht über den Lärm beschweren konnten.

Davids Blick glitt an der Hecke entlang, und zu seiner Erleichterung entdeckte er Veras Fahrrad. Marion hatte also recht behalten. Sie war sich sicher gewesen, dass Vera kommen würde, krank oder nicht. Warum war ihr die Fete so wichtig? Vielleicht seinetwegen? Manchmal hatte er das Gefühl, dass sie in ihn verliebt war, aber das konnte auch nur Wunschdenken sein.

Die Haustür stand einen Spaltbreit offen. David trat in den Flur. Er brauchte nicht zu fragen, in welchem Raum die Party stattfand, denn das Lachen war schon durch die Tür zu hören.

»He, Smitchen!« Die halbe Klasse klatschte. »Darf ich vorstellen«, sagte Niels, »das ist mein großer Freund, David Smit, bei uns besser bekannt als der große Schwarm aller Mädchen.« David musste lachen. Niels und seine Blödeleien.

Vera stand an der Theke. Sie sah heute Abend noch schöner aus als sonst, ihre Nägel hatte sie blau lackiert, und die schwarze Bluse hatte er auch noch nie an ihr gesehen. David schob sich langsam in ihre Richtung.

Wenn er sich in ihrer Nähe aufhielt, konnte er sie besser zum Tanzen auffordern.

»Toll dekoriert, was?«, sagte er.

»Klasse«, antwortete Vera. »Yussef hat erzählt, dass sie zusammen mit Tino den ganzen Nachmittag beschäftigt waren.«

»Tino ist wirklich spitze.« David brach der Schweiß aus, und er war froh, als Niels ans Mikrofon trat.

»Hallo, hallo«, rief Niels durchs Mikro. »Der Festausschuss begrüßt euch alle ganz herzlich, und wir freuen uns, dass ihr alle gekommen seid. Leider müssen wir heute Abend mit Musik vom Band vorlieb nehmen, denn *Punkt aus* hat sich am Nachmittag aufgelöst. Schade, dass es gerade heute passieren musste, aber das ist nicht zu ändern. Ich mache es kurz, sonst reicht die Zeit nicht für unser Programm. Wie ich sehe, habt ihr alle an Stift und Papier gedacht. Ihr wisst ja, dass wir nicht nur tanzen wollen, sondern auch ein Quiz und Spiele vorbereitet haben. Und Yussef brutzelt uns irgendwas Tolles, deshalb ist er noch nicht hier. Der Festausschuss wünscht euch allen einen spitze Abend. Hier kommt gleich die erste Musiknummer. Also dann, looos geht's!«

David blickte sich zu Vera um und holte tief Luft. Wenn er sie zum Tanzen auffordern wollte, dann musste er das jetzt tun, sonst kam Niels ihm zuvor.

»Coole Musik, nicht?«, sagte Vera.

»Sollen wir tanzen?«, fragte David.

»Später«, antwortete sie. »Ich muss eben zu Yussef, aber bestimmt hat Marion Lust.«

»Oh ja, prima.« Marion hüpfte schon auf die Tanzfläche.

»Hat Vera dir was gesagt?«, brüllte sie ihm über die Tanzfläche hinweg zu.

»Was denn?«

»Du hörst es noch«, sagte Marion. »Sie ist verliebt.«

David lachte verlegen. Wollte Marion andeuten, dass Vera in ihn verliebt war?

»Das ist dann die erste Hochzeit in der Schülerzeitung«, lachte Marion. »Zusammen im Redaktionsteam, so geht das.«

David zuckte innerlich zusammen. »Ist sie in Niels verliebt?«

»Nein«, entgegnete Marion. »Ich habe eigentlich schon zu viel gesagt, aber Niels ist es nicht.«

Jetzt wusste David es mit Bestimmtheit: Vera war in ihn verliebt.

»Sie wird es dir noch selbst erzählen.«

David hätte es gern ins Mikro geschrien: »Mein Traum ist in Erfüllung gegangen! Vera hat sich in mich verliebt!«

Vor Freude machte er wilde Tanzbewegungen, und sein Glücksgefühl wuchs, als Vera den Raum betrat. Da er jetzt wusste, dass sie ihn mochte, waren all seine Hemmungen verschwunden.

»Ach ja, wir wollten tanzen«, sagte Vera.

Er verrenkte sich wie wild und tat, als wüsste er von nichts. Sie sollte es ihm schon selbst sagen, und wenn sie sich nicht traute, würde er sie am Ende des Abends fragen. Dann konnte er sich der Antwort gewiss sein. Jetzt spielten sie noch *House*, aber Niels hatte auch ein paar langsame Nummern aufgenommen, und wenn sie erst einmal eng umschlungen tanzten, kam der Rest von selbst. David sah auf Veras Lippen. In den letzten Wochen hatte er sie gründlich untersucht und konnte sie mittlerweile auswendig zeichnen, aber heute Abend würde er sie auch spüren dürfen. Bei dem Gedanken wurde ihm fast schwindelig.

»Das Quiz fängt an«, sagte Vera, als die Musik aussetzte. »Das wird ein Spaß, Leute. Sanne hat sich total irre Fragen ausgedacht.«

Als alle sich noch etwas zu trinken eingegossen hatten, fingen sie an. Es schien wirklich witzig zu sein, und die ganze Klasse brach immer wieder in lautes Gelächter aus. David bekam gar nichts mit, er konnte nur an Vera denken, und als sie plötzlich den Raum verließ, hielt er es nicht länger aus und folgte ihr.

Die anderen achteten nicht weiter auf ihn, da Niels bereits den nächsten Programmpunkt ankündigte.

»Wir haben verschiedene Spiele vorbereitet. Im hinteren Raum steht ein Billardtisch, aber ihr könnt auch Roulette spielen oder beim Würfelspiel mitmachen. Sanne hat dort in der Ecke ein Kartenspiel zurechtgelegt.«

»Ich setze eben aus«, sagte Tino. »Ich muss noch schnell in der Küche was regeln.«

Sobald Tino den Raum verlassen hatte, holte Justin eine Flasche Likör aus seinem Rucksack.

»He, Jochen«, rief er. »Wir vier müssen noch feiern. Sollen wir es mit den Karten versuchen?«

Jochen war froh, dass er nicht ausgeschlossen wurde, und mit einem strahlenden Gesicht setzte er sich zu Sanne und Justin an den Tisch.

Sanne erklärte die Spielregeln, mischte die Karten und reichte sie Jochen. »Teil du aus.«

Stolz legte Jochen ein Herzass auf den Tisch und merkte nicht, wie Remco ihm von hinten in die Karten sah und den anderen beiden heimlich Zeichen gab, damit sie wussten, was für Karten Jochen hatte. Sie ließen ihn gewinnen, und als Jochen seine letzte Karte aufdeckte, gratulierten sie ihm.

»Glückwunsch«, sagte Justin. »Und zur Belohnung kriegst du ein Gläschen Likör.«

»Ich trinke nie Likör«, sagte Jochen.

»Das gehört dazu, wenn man gewinnt.« Sanne schenkte ihm das Glas voll.

Jochen schüttelte den Kopf. »Tut mir leid, ich möchte wirklich nicht.«

»Schweine mögen alles«, sagte Sanne. »Wir helfen dir.«

Während Remco und Justin Jochens Arme packten, hielt Sanne ihm die Nase zu. Mit ihrem Arm drückte sie seinen Kopf nach hinten, und mit dem anderen goss sie den Likör in seinen Mund. Jochen würgte, und auch als er anfing zu husten, hörte sie nicht auf. Jochen versuchte, sich loszureißen, aber die Jungen hatten ihn fest im Griff, und sobald

Jochen nach Sanne treten wollte, kniff sie seine Nase nur noch fester zu.

»Weil du es so lecker findest, kriegst du noch ein Gläschen.« Sanne flößte ihm das zweite Glas Likör ein. Jochen wurde kreidebleich. »Lasst ihn los«, sagte Sanne unvermittelt. »Sonst kotzt er mich noch voll.«

Justin legte die Karten vor Jochen hin. »Noch ein Spielchen, oder willst du lieber Strip-Poker?«

Jochen antwortete nicht, er taumelte kreidebleich aus dem Raum.

David hatte in der Zwischenzeit Ausschau nach Vera gehalten. In der Küche entdeckte er nur Tino. Plötzlich musste er voller Schrecken daran denken, dass sie nach Hause gefahren sein könnte, doch im Flur sah er ihre Jacke noch an der Garderobe hängen. Im nächsten Moment waren seine Träume zerplatzt, denn an der Haustür stand Vera und umarmte Yussef. Ihre Köpfe berührten sich, und David sah, dass sie sich küssten . . .

Plötzlich drehte sich alles vor seinen Augen, und seine Welt stürzte ein. In den letzten Monaten hatten seine Gedanken nur um Vera gekreist, und mindestens dreißigmal war er an ihrem Haus vorbeigefahren und hatte sich nie getraut zu klingeln, weil er so schüchtern war. Und die ganze Zeit über hatte er gehofft, dass sie auch in ihn verliebt war. Er hatte geglaubt, dass von Niels die einzige Gefahr ausging, doch Vera wollte nicht ihn oder Niels. Sie war in Yussef verliebt. David hörte die beiden an der Garderobe leise flüstern.

Er bekam keine Luft mehr, konnte nicht mehr atmen. Er musste weg von hier, frische Luft schnappen, und voller Panik rannte er in den Garten.

Jochen stand vornübergebeugt am Baum. Kurze Zeit später hörte David Stimmen im Garten, doch was sie sagten, bekam er nicht mit.

»Seht euch das an!« Sanne zeigte zum Baum hinüber. »Das Ekel hat in den Garten gekotzt.«

»Fieser Fettsack«, sagte Justin. »Man kotzt doch nicht in den Garten seines Klassenlehrers. Was bist du für ein Schwein!«

»Ich glaube, das Schwein will sich suhlen«, sagte Sanne. »Komm her.« Und sie wollten ihn packen.

Jochen konnte sich losreißen und lief zu David. »David, hilf mir!«, schrie er voller Angst, doch der nahm sein Schreien nicht wahr, er konnte nur an seinen eigenen Kummer denken.

»Hau ab«, sagte er und schob Jochen zur Seite.

Für David war die Fete gelaufen, aber er wollte sich nichts anmerken lassen. Als er den Fetenraum betrat, tanzten alle.

»He, Mister!«, rief Niels fröhlich und schenkte seinem Freund ein Bier ein. David ahnte nicht, dass sie Jochen draußen gerade durch sein eigenes Erbrochenes rollten, und achtete auch nicht auf Sanne, Remco und Justin, als die kurz nach ihm laut johlend zurückkamen.

Sie hörten Niels' neue CD, erzählten Witze und machten Spiele. Zwischendurch servierte Yussef marokkanische Spezialitäten, die er selbst vorbereitet hatte.

Niemand hörte, wie die Haustür ins Schloss fiel. Und niemand vermisste Jochen.

14 Aus purem Elend hatte David ein paar Bierchen zu viel getrunken. Das konnte er deutlich merken, als er auf sein Rad stieg, denn plötzlich verlief der Weg ganz schief und er sah alles unscharf. Das lag sicher nicht an der Dunkelheit. Morgen würde er einen ordentlichen Kater haben, aber das machte nun auch nichts mehr.

Niels war sehr taktvoll gewesen. »Findest du nicht auch, dass sie gut zusammenpassen?«, hatte er gefragt, als Yussef und Vera eng umschlungen getanzt hatten. Dieser Klotz hatte natürlich längst vergessen, dass David in Vera verschossen war. Niels verstand nicht, dass man so lange von demselben Mädchen träumen konnte. David hatte sich nichts anmerken lassen, denn sonst hätte Niels wahrscheinlich noch dumme Witze gemacht. Sein Freund konnte sich angeblich immer gut in andere Leute hineinversetzen, da sollte er am besten später mal Psychologe werden.

Niels hatte noch beim Aufräumen geholfen, weil er zum Festausschuss gehörte, aber David hatte nicht auf ihn warten wollen. Nicht weil er gern allein nach Hause fuhr, sondern weil er einfach den Anblick des verliebten Paares nicht länger ertragen konnte.

Er hatte das Gefühl, dass sein Rad auf einmal ganz leicht fuhr. Oder kam ihm das nur so vor, weil er etwas getrunken hatte? Als er beinahe eine Frau umfuhr, die den Zebrastreifen überquerte, schrak er zusammen. Es war stockdunkel, nicht mal Straßenlampen gab es hier. Eigentlich müssten Fußgänger auch Licht haben, überlegte David. Apropos, sein Licht sollte er besser auch einschalten.

Sein Haar fühlte sich triefnass an.

Durch den Kummer merkte er jetzt erst, dass es regnete

und sein T-Shirt klitschnass war. Sollte er seine Jacke zuknöpfen? Doch was machte schon das bisschen Regen?

Am liebsten wäre er aus dem Albtraum aufgewacht.

David seufzte. Leider, es war kein Traum, Vera war wirklich in Yussef verliebt.

Er hoffte, dass seine Eltern noch nicht zu Hause waren oder längst im Bett lagen.

Leider hatte er Pech, und er konnte nur hoffen, dass sie nicht wissen wollten, wie die Fete war. Was sollte er ihnen antworten?

»Scheiße, absolut Scheiße!«

David hätte gern die ganze Nachbarschaft wachgebrüllt, als er das Gartentor öffnete und sein Rad an den Schuppen lehnte.

Seine Mutter sah ihm natürlich sofort an, dass etwas nicht stimmte, aber Gott sei Dank fragte sie nicht, und er hatte auch keine Lust, etwas zu erzählen. Er spürte, dass er sofort in Tränen ausbrechen würde. Nein, er würde es erst erzählen, wenn er darüber hinweg war und über sich selbst lachen konnte. Er, David, der Dummkopf, der nicht mal mitbekam, was sich zwischen Vera und Yussef abspielte. Dabei saßen die beiden sogar bei ihm im Redaktionsteam, und er hatte geglaubt, Yussef interessiere sich nur für Computer.

»Ich habe rasende Kopfschmerzen«, sagte er und lief gleich die Treppe hinauf. Zum dritten Mal hatte er richtigen Liebeskummer, und nur zu gern hätte er geheult. Einfach blöd, dass es nie klappte. Entweder war er in ein Mädchen verknallt, das längst einen Freund hatte, oder Niels schnappte ihm die Freundin vor der Nase weg. Und diesmal hatte er zu lange gezögert, und Yussef war ihm zuvorgekommen. Er hatte die Nase vom Verliebtsein gestrichen voll. Sollten die Mädchen sich mal ins Zeug legen, er konnte genauso gut Single bleiben. David griff tastend unter sein Kissen und holte Veras Foto hervor. Am besten er zerriss es, das machten sie im Film auch immer, aber das brachte er nicht übers Herz, dafür war Vera viel zu nett. Er sollte das Foto besser dort verstecken, wo er es niemals wiederfinden würde. So, die Wahrscheinlichkeit, dass er noch einmal in diesem langweiligen Wälzer blätterte, war wirklich minimal.

Stundenlang lag David wach in seinem Bett. Sein Kopf fühlte sich an, als wäre er drei Tage Achterbahn gefahren, und immer wieder erschien das Bild von Vera und Yussef vor seinen Augen. Er war nicht sauer auf Yussef, das wäre unfair, denn schließlich hatte er das gleiche Recht auf Vera wie er.

Erst gegen Morgen wurde David ein wenig ruhiger. Vielleicht lag das daran, dass er für einen kurzen Moment Jochen vor sich sah. »David, hilf mir!«, hallte es durch seinen Kopf.

Langsam drang zu ihm durch, was sich im Garten abgespielt hatte, was sie mit Jochen gemacht hatten, und er sah Jochens bangen, flehentlichen Blick, doch er hörte sich selbst sagen: »Hau ab!«

David konnte sich nicht erinnern, Jochen danach noch gesehen zu haben. Sanne, Justin und Remco schon, da war er sich ganz sicher, denn Sanne hatte einen Joint gedreht, und das hatte Tino nicht erlaubt. Bei dem Gedanken daran wurde David böse. Wieder typisch Sanne! Es war doch schon spitze, dass Tino ihnen Bier erlaubte, denn eigentlich war auch das auf einer Klassenfete verboten. Und sie musste mit dem Joint wieder alles verderben. Klar, dass Tino sich aufgeregt hatte.

Aber wo war Jochen gewesen? War er den Rest des Abends im Garten geblieben, oder war er nach Hause gefahren? Wie schrecklich für ihn! Mit einem Mal konnte David gut nachvollziehen, wie einsam Jochen sich gefühlt haben musste. Wie verzweifelt. Und er, David, hatte nicht weiter auf ihn geachtet, obwohl er versprochen hatte, sich für ihn einzusetzen. Er hatte sein Wort gebrochen, nur weil er zu sehr mit seinem eigenen Kummer beschäftigt gewesen war. Gleich morgen würde er zu ihm gehen und ihm erklären, dass es ihm schlecht gewesen war und dass er nichts mitbekommen hatte. Von nun an konnte Jochen auf seine Hilfe zählen. Wahrscheinlich würde er es ihm nicht abnehmen, aber er würde schon sehen. David wollte alles daransetzen, seinen Fehler wiedergutzumachen.

Er spürte, wie seine Augenlider immer schwerer wurden, und wie durch ein Wunder schlief er ein.

Als er aufwachte, hatte er rasende Kopfschmerzen, und die Schule konnte ihm auch heute gestohlen bleiben. Er wollte Vera und Yussef nicht zusammen sehen. Kurz dachte er daran, sich krankzustellen, aber das brachte nichts. Er musste da durch.

Letztes Jahr in der Siebten war es noch schwieriger gewesen, denn bei dem Klassenausflug nach Texel hatte Niels sich überraschenderweise an Maike herangemacht, obwohl er genau wusste, dass David in sie verliebt war. Den ganzen Nachmittag hatten sie aneinander herumgefingert, und abends, als sie eine Wanderung unternommen hatten, waren sie Hand in Hand gelaufen. David wäre am liebsten nach Hause geschwommen. Und als sie nachts zu den Mädchen rübergeschlichen waren, hatte er sich das Geknutsche mit ansehen müssen. Er war überzeugt gewesen, das nicht zu überleben! Jetzt war es etwas einfacher, denn er saß zwar zusammen mit Vera in der Redaktion, aber die Schülerzeitung war gerade erst herausgekommen, und in den nächsten zwei Wochen hatten sie kein neues Treffen vereinbart.

In der Schule hielt David als Erstes Ausschau nach Jochen, aber der war nirgends zu sehen, und als es zur ersten Stunde läutete, blieb Jochens Platz leer. Niemand sagte etwas dazu; sie waren viel zu sehr mit der Klassenfete beschäftigt. Niels meinte, es wäre ein supercooler Abend gewesen. Nun, die Meinung konnte David zwar nicht teilen, aber er wollte ihnen nicht den Spaß verderben, denn alle waren ganz begeistert; Vera und Yussef bekräftigten die Ansicht sogar mit einem Kuss. David konnte kaum hinsehen, aber um sich nichts anmerken zu lassen, gab er sich extra aufgekratzt.

Frau Baumer räumte ihnen zehn Minuten ein, um über die Fete zu reden. David wollte gern über Jochen reden, denn gerade weil er heute nicht da war, schien ihm die Gelegenheit sehr passend. Bei Rüblitörtchen konnte man das gut ansprechen, besser zumindest als bei Tino, der alles ins Lächerliche zog und Jochen außerdem nicht leiden konnte. Gerade als David den Finger hob, ging die Tür auf, und Herr Schwarz kam herein. Meist bedeutete das eine Freistunde. Herr Schwarz bat Frau Baumer, ihm zehn Minuten ihrer Stunde zu opfern, und als sie nickte, wandte er sich an die

Klasse. David spürte sofort, dass irgendetwas passiert sein musste, irgendetwas Schlimmes.

Herr Schwarz berichtete der Klasse, dass er gerade einen Anruf von Jochens Eltern erhalten hatte und sich deshalb nun ernsthafte Sorgen machte.

»Wie kindisch«, unterbrach Sanne Herrn Schwarz. »Wir wollten nur wissen, wie viel Likör er vertragen kann.«

»Ja«, sagte Remco, »es waren nur ein paar Schlucke, und er musste sich davon gleich übergeben. Das kam bestimmt nicht nur durch den Likör.«

»Und dann ist er ausgerutscht«, fuhr Sanne fort, »und in seine eigene Kotze gefallen. Und jetzt behauptet er sicherlich, dass wir ihn reingestoßen haben, und sofort müssen Papi und Mami anrufen.«

»Ich wünschte, Jochen hätte seine Eltern gebeten anzurufen«, sagte Herr Schwarz. »Jochens Vater rief mich an, um zu sagen, dass Jochen gestern nicht nach Hause gekommen ist.«

Herrn Schwarz' Worte verfehlten ihre Wirkung auf die Klasse nicht, und es wurde mit einem Mal mucksmäuschenstill. Selbst Sannes Gesicht verfinsterte sich.

»Wir wollen hoffen, dass es gut ausgeht«, sagte Herr Schwarz. »Aber ihr drei könnt gleich mit in mein Büro kommen.« Er zeigte auf Sanne, Remco und Justin.

Sobald Herr Schwarz gegangen war, sprachen sie mit Frau Baumer über Jochen, und David berichtete, dass Jochen schon seit Langem gequält wurde und dass er, David, nicht der Einzige war, der sich darüber ärgerte. Die meisten meinten, dass das längst hätte aufhören müssen, aber genau wie David hatten sie sich nicht getraut, etwas zu sagen, aus Angst, selbst zur Zielscheibe zu werden.

Frau Baumer hörte mit wachsendem Erstaunen zu und musste eingestehen, dass sie nie etwas davon mitbekommen hatte. Mit einem Mal erinnerte sie sich, wie Jochen einmal heulend in der Klasse gesessen hatte, und schämte sich jetzt, dass sie wortlos darüber hinweggegangen war. Die Klasse spürte, dass Jochens Verschwinden die Lehrerin in Verwirrung brachte. Selbst als Niels sich ein Kaugummi in den Mund steckte, warnte sie ihn nicht wie sonst vor den gefährlichen Farb- und Geschmacksstoffen, und Leons Hustenanfälle hatte sie auch ignoriert.

Alle hatten ihre Meinung geäußert, und Frau Baumer fasste zusammen: »Ich schlage vor, dass wir die Situation in der Klasse noch einmal besprechen, wenn Jochen dabei ist.«

Alle waren einverstanden, und das Redaktionsteam sprach ab, ihn nach Unterrichtsschluss zu suchen.

So lange wollte David nicht warten, denn sein Gewissen ließ ihn nicht in Ruhe, und deshalb lief er in der Pause ins Sekretariat und meldete sich krank. Er holte sein Rad und radelte zur Post. Er musste die Telefonnummer von Nienke, Jochens Freundin, herausfinden. Wie hieß sie doch wieder? Sie wohnte in Zandvoort, das wusste er noch, und der Name war ihm bekannt vorgekommen. Plötzlich fiel es ihm wieder ein: Sie hieß de Graaf, genau wie der Kollege seines Vaters. David nahm das Telefonbuch zur Hand.

Er war sicher, dass Jochen bei Nienke war, wahrscheinlich war er gestern Abend zu ihr getrampt oder hatte den Zug genommen. Dieser Idiot, wenn er nur seinen Eltern nicht verheimlicht hätte, dass sie ihn gedemütigt hatten, dann hätte er nach Hause gehen können. Er musste furchtbar ausgesehen haben! Sein Gesicht und seine Haare waren sicher voll Erbrochenem gewesen. Wie erniedrigend musste es für ihn gewesen sein.

Aha, da stand es: de Graaf. Jetzt musste er herausfinden, welche Telefonnummer zu Nienke gehörte, denn es gab insgesamt vier de Graafs. David notierte die Nummern auf seiner Handfläche. Gott sei Dank hatte er eine Telefonkarte dabei. Er steckte sie in den Apparat und wollte wählen. Welche Nummer sollte er als Erstes probieren? Den Waldweg, oder wohnte Nienke in der Eisenbahnstraße? Der Meisenweg und die Amselallee fielen höchstwahrscheinlich weg, schließlich gab es die in jedem Dorf und jeder Stadt, und sie lagen meist im Zentrum. Jochen hatte erzählt, dass Nienke ein Haus mit einem großen Grundstück hatte, und darum war der Waldweg vielleicht die richtige Adresse.

David wählte die Nummer und hatte sofort Glück; Nienke war gleich am Apparat.

»Hier ist David Smit. Ist Jochen Steenman bei dir?«

»Nein«, sagte Nienke. »Er ist in der Schule. Wir haben hier Frühjahrsferien, aber bei Jochen sind die erst in ein paar Wochen.«

»Oh«, antwortete David. »Hast du vielleicht etwas von ihm gehört?«

»Ja schon«, sagte Nienke. »Letzten Sonntag hab ich noch mit ihm gesprochen, aber seither nicht mehr.«

David seufzte. Das half ihm auch nicht weiter, doch als er wieder auflegen wollte, fragte Nienke, wer er war und warum er Jochen suchte.

»Ich bin bei Jochen in der Klasse«, sagte David. »Wir hatten gestern Abend eine Klassenfete, und jetzt stellt sich heraus, dass Jochen nicht nach Hause gekommen ist.«

Nienke erschrak. »Er hat doch nicht etwa einen Unfall gehabt?«

»Ich glaube nicht.« David erzählte von den Hänseleien, seinem Versprechen, für Jochen einzutreten, und von den Geschehnissen auf der Klassenfete.

Am anderen Ende der Leitung herrschte einen Moment Schweigen.

»Wie können sie nur . . .«, sagte Nienke dann. David merkte an ihrer Stimme, dass es ihr sehr naheging. »Wie können sie nur so gemein sein! Weißt du, dass ich schon ein paar Mal daran gedacht habe, deiner Klasse einen Brief zu schreiben. Jochen hat mir ein Stück aus seinem Tagebuch gezeigt, und ich bin ziemlich sauer geworden, doch das hilft uns jetzt nicht weiter. Wir müssen ihn suchen, und ich habe auch eine Idee, wo er sein könnte. Etwa fünf Kilometer von eurem Ort liegt ein Campingplatz, da gibt es einen Teil mit alten Campingwagen, die keiner mehr benutzt. In einen von denen kommt man ohne Probleme rein, das haben wir öfter gemacht. Jochen ist schon einmal wütend von zu Hause weggelaufen, und damals war er auch dort, aber er hat den Platz nie seinen Eltern verraten, also haben sie davon keine Ahnung.«

»Wie kann ich den Campingplatz finden?«, fragte David. »Kannst du's mir erklären?«

»Nein«, sagte Nienke, »nicht nötig. Ich komme zu dir. Wie spät ist es jetzt? Halb elf, dann nehme ich den Zug um zehn vor elf. Um zwanzig nach elf bin ich am Bahnhof.«

»Wo sollen wir uns verabreden?«, fragte David. »Am Fahrkartenschalter?«

»Prima«, antwortete Nienke. »Ich leg jetzt auf, sonst verpass ich den Zug.«

15 David wartete nervös pfeifend an der Zugbrücke. Das war wirklich die verrückteste Verabredung mit einem Mädchen, die er je gehabt hatte, und er fühlte sich unsicher. Wer holte schon jemanden vom Zug ab, den er gar nicht kannte.

Das wäre was für Niels gewesen, er liebte solche Momente, David hingegen eher weniger, dafür war er viel zu schüchtern. Fast bedauerte er, dass er sich überhaupt mit Nienke verabredet hatte, denn ihm wäre lieber gewesen, sie hätte ihm die Adresse des Campingplatzes gegeben. Fünf Kilometer waren eine ganze schöne Entfernung, vor allem wenn man sich nichts zu erzählen hatte.

Er blickte auf seine Uhr. Wann gingen nur die Schlagbäume hoch? Sonst kam er noch zu spät, denn auf der Post hatte er viel zu lange getrödelt. Seine Mutter sagte stets, dass er sie während der Arbeit jederzeit erreichen konnte, sie würde immer gleich angepiepst. Das hatte er gemerkt, denn bis er seine Mutter am Apparat gehabt hatte, war seine Telefonkarte beinahe leer gewesen, dabei hatte er ihr nur eben sagen wollen, dass er wegen Unwohlseins nach Hause gegangen war. Wenn Herr Schwarz auf die Idee kam, sie im Büro anzurufen, weil zu Hause niemand abnahm, was dann? Ihm war alles zuzutrauen. In den letzten Wochen hatte er sich vorgenommen, Schulschwänzer aufzuspüren, und David hatte sogar einen Brief bekommen, obwohl er ganz bestimmt in der Biologiestunde gewesen war.

Typisch Hoek. Niels hatte sich ein paar Stunden freigenommen, und weil David auf seinem Platz gesessen hatte, hatte Hoek natürlich geglaubt, David würde die Schule schwänzen. Der Lehrer kannte ihre Namen immer noch nicht. Hoffentlich hatte er nicht zu viele eigene Kinder, sonst musste er auch zu Hause einen Plan aufhängen.

Endlich, die Brücke ging runter. David kurvte zwischen den anderen Radfahrern hindurch. Wenn er sich beeilte, kam er noch pünktlich. Er sauste im Wahnsinnstempo die Bahnhofstraße entlang, lehnte sein Rad gegen den erstbesten Laternenpfahl und schoss durch die Schiebetüren in die Bahnhofshalle. An der Rolltreppe sah er ein Mädchen ungefähr in seinem Alter stehen, das genauso dick war wie Jochen, das würde sie sein. Er ging auf das Mädchen zu.

»Hallo, ich bin David.«

Sie sah ihn mit feindseligem Blick an. »Was willst du?«

»Äh . . .« David wollte seine Verwechslung erklären, aber das Mädchen wurde sauer und rief: »Verpiss dich!«

»Belästigt er dich?«, fragte ein Passant und sah David misstrauisch an. »Lass das Mädchen in Ruhe, oder ich hol die Bahnhofspolizei. Wenn du eine Freundin suchst, versuch's woanders.«

Mit hochrotem Kopf lief David zum Fahrkartenschalter, dort konnte er nur ein sehr schlankes Mädchen entdecken, mit kurzem blondem Haar und Sommersprossen im Gesicht. Sie trug eine echt coole Lederjacke. Das konnte nie im Leben eine Freundin von Jochen sein, dafür sah sie viel zu klasse aus. Außerdem traute er sich jetzt nicht mehr, jemanden anzusprechen, dafür hatte er sich gerade schon genug blamiert.

Das Mädchen blieb ein paar Minuten zögernd in seiner Nähe stehen. »Bist du zufällig David?«, fragte es dann.

David fiel vor Staunen der Kiefer herunter. »Du bist Nienke, die Freundin von Jochen?« Er fasste sich schnell. »Tut mir leid, ich traute mich nicht mehr, jemanden anzusprechen, nachdem ich bereits ganz schön ins Fettnäpfchen getreten bin. Schön blöd, wie?«

»Oh, so was passiert mir auch ständig«, sagte Nienke. »Manchmal glaube ich, jemanden zu kennen, und rufe ganz laut Hallo und merke dann, dass es der Verkehrte war.«

Sie standen sich etwas verlegen gegenüber.

»Ich habe im Zug nachgedacht. Wenn wir Jochen finden, müssen die Hänseleien ein Ende haben, sonst schlage ich die drei eigenhändig zusammen.«

»Das brauchst du nicht«, sagte David. »Wir haben in der Klasse darüber gesprochen. Außerdem mussten Sanne, Remco und Justin zu Herrn Schwarz, dem Konrektor, ins Büro kommen.«

Sie verließen den Bahnhof. »Sollen wir mit dem Bus fahren?«, fragte David. »Ich habe eine Zehnerkarte.«

»Mit dem Bus kommt man da nicht hin«, sagte Nienke. »Hast du kein Fahrrad?«

»Hier«, sagte David und zeigte auf sein Lieferfahrrad. »Dann musst du vorne auf den Gepäckträger.«

»Prima!«

Während David sein Rad aufschloss, erzählte Nienke, wie sie fahren mussten. David fand sie ziemlich seltsam, wie sie vorn auf dem Gepäckträger saß und ohne Pause redete, als würden sie sich schon seit Ewigkeiten kennen.

Sie berichtete, dass Jochen ein sehr guter Freund von ihr ist und dass man sie früher auch gehänselt hatte, weil sie für ihn eintrat, aber ihr war das egal gewesen. Gegen die Quälgeister hatte sie sich zur Wehr setzen können. Im Dorf hatten alle geglaubt, sie wären verliebt gewesen. Nienke zuckte mit den Schultern. »Lass sie ruhig denken, ich weiß, dass es nicht so ist. Jochen ist ein guter Freund, fast wie ein Bruder, aber Verliebtheit, nein, die empfinde ich nicht für ihn. Außerdem, so schnell verliebe ich mich nicht.«

Es war ziemlich viel Verkehr, sodass sie fast eine Viertelstunde brauchten, um aus dem Zentrum herauszukommen.

»Und jetzt?«, fragte David, als sie zur Brücke kamen.

»Richtung Marsch«, sagte Nienke.

Als sie das offene Feld erreichten, merkte David erst, wie kräftig es wehte. Ein starker Wind kam von vorn, und er musste tüchtig strampeln, um vorwärtszukommen.

»Hübsch, nicht!« Nienke deutete auf Krokusse auf der Wiese. »Fast Frühling!« Und ein Stückchen weiter entdeckte sie Lämmer. Als David kurz anhielt, um seine Nase zu schnäuzen, sprang Nienke vom Rad. »Jetzt kannst du dich ausruhen.«

»Bestimmt nicht«, antwortete David. »Ich bin noch längst nicht müde. Du bist wirklich nicht schwer.«

»Du brauchst gar nicht so cool zu tun. Jungen müssen sich immer so aufspielen, und das ist völliger Quatsch.« Nienkes Hände umfassten das Lenkrad. »Setz dich auf den Gepäckträger!«

David musste über ihr strenges Gesicht lachen. Es gab kein Entkommen: Er musste sich vorn auf den Gepäckträger setzen, ob er wollte oder nicht.

»Komisch«, neckte ihn Nienke. »Du traust dich sogar? Ich finde, du bist ein richtiges Weichei!«

David begann, die Sache Spaß zu machen, denn Nienke war so ganz anders als die Mädchen, die er kannte.

Er sah sich um. In dem Marschgebiet wurde er stets ein wenig melancholisch. Dass es in dieser kahlen Landschaft überhaupt einen Campingplatz gab!

»Jochen wird überrascht sein, wenn er uns zusammen sieht, denn er wird sich keinen echten Reim darauf machen können. Er hat sicher längst vergessen, dass er mir von dir erzählt hat.«

»Dass du sogar meinen Namen behalten hast? Wie klug von dir.«

»Oh ja, ich bin wirklich klug.«

»So klug nun auch wieder nicht«, sagte Nienke. »Sonst hättest du viel früher etwas gegen die anderen unternommen.«

Nienke zeigte auf einen Bauernhof am Straßenrand. »Da habe ich mit Jochen in den Ferien Zwiebeln gepellt.«

David musste lachen. »Das habe ich mit Niels auch einmal gemacht, doch ich hab mich nicht sehr geschickt angestellt, es dauerte Stunden, bis mein Korb voll war.«

»Puh, stinkt es hier«, sagte Nienke.

»Euer Bauer fährt Jauche«, lachte David.

Nienke hielt sich die Nase zu.

»Pass auf!«, rief David. Zu spät, ein Windstoß erfasste sie von hinten, und Sekunden später lagen sie im Gras.

»Mit dir kann man wirklich Spaß haben«, sagte David.

»Mit Jochen hab ich auch immer einen Heidenspaß«, grinste Nienke. »Ihr kennt ihn nicht richtig, aber ihr werdet merken, dass er wirklich nett ist.«

David nickte. »Ich kann ihm zumindest berichten, was wir mit Frau Baumer besprochen haben. Das wird ihn freuen.«

»Mach es dir nicht so einfach.« Nienke bog um die Kurve. »Wenn so etwas passiert, dauert es meist sehr lange, bis man wieder normal miteinander umgehen kann.«

»Wir müssen ihn zuerst einmal finden«, sagte David.

»Siehst du den Sandpfad dort, da müssen wir hin, und am Ende des Weges liegt der Campingplatz.«

Plötzlich war David sehr mulmig zumute, denn er fand es schwierig, Jochen nach der Klassenfete wieder unter die Augen zu treten.

»Wir können das Rad hier abstellen.« Nienke zeigte zu einem Haus. »Da wohnt der Verwalter, der muss uns hier nicht sehen. Er hat zwei Schäferhunde, denen ich lieber nicht begegne.«

Sie folgten dem Weg und kamen schließlich zu einem hohen Zaun, der zusätzlich mit Stacheldraht gesichert war.

»Ich weiß nicht, wie sportlich du bist, aber ich komm da nicht rüber«, stellte David fest.

Nienke griff nach seiner Hand. »Ich kenne eine Stelle, an der wir untendurch kriechen können. Komm!«

Gebückt schlichen sie am Haus des Verwalters vorbei.

Was für ein riesiger Campingplatz! David hatte das Gefühl, schon kilometerweit gelaufen zu sein, als Nienke endlich stehen blieb.

»Hier«, sagte Nienke.

»Und du bist dir sicher, dass nichts passieren kann?«, fragte David. »Nicht dass die zwei reizenden Schäferhunde sabbernd auf uns warten?«

»Ich geh zuerst.« Nienke kroch unter dem Stacheldraht durch.

»Achtung! Du bleibst gleich hängen.« David hob den Stacheldraht hoch, dann schlängelte er sich hinter Nienke her.

Sie liefen ein paar Schritte, dann drückte Nienke die Büsche zur Seite und machte David ein Zeichen, dass die Luft rein war.

»Da müssen wir hin, dort hinter dem Spielplatz«, flüsterte sie. »Aber wir können nicht quer über den Platz laufen, dann sieht er uns sofort. Wir laufen zuerst zu dem Wäldchen da drüben. Eins, zwei, drei . . .«

David stürmte hinter ihr her. Sein Herz schlug ihm bis zum Halse hinauf, und er war sich sicher, dass ihn im nächsten Moment ein knurrender Hund anfallen würde. Deshalb seufzte er erleichtert, als sie das Wäldchen erreichten.

»Und jetzt?«

»Siehst du den braunen Campingwagen? Der gehört Jochen.«

David musste lachen, doch Nienke bekräftigte: »Ja, Jochen sagt immer ›mein Campingwagen‹. Weißt du, dass wir da drinnen heimlich Pfannkuchen gebacken haben? Ich bin mir sicher, dass Jochen sich eine Dose Essen warm gemacht hat, schließlich muss er doch etwas essen.«

»Ja, und nicht zu wenig«, lachte David.

»Psst . . .« Mit dem Finger auf dem Mund schlich Nienke um den Wagen herum. Sie lauschte an dem Toilettenfenster, konnte aber nichts hören. »Vielleicht schläft er noch.«

Sie suchte ein Stück Draht und steckte es ins Schloss. »Jochen«, rief sie, während sie die Tür öffnete, »nicht erschrecken, ich bin's, Nienke.«

Sie hörten nichts und betraten den kleinen Raum, in dem nur ein Fernseher, ein altes Sofa und ein Tisch standen. Jochen war nicht da, und das Bett machte auch nicht den Eindruck, als hätte jemand darin geschlafen.

David hatte ein ungutes Gefühl, und als er in Nienkes besorgte Augen blickte, wurde es noch schlimmer.

»Ist das die einzige Stelle, die du kennst?«, fragte er.

Nienke schüttelte den Kopf. »Ich weiß noch eine Stelle, wo

wir suchen können. Ein Stück weiter, am See. Da sitzt Jochen oft mit Simbad, wenn er traurig ist.«

»Glaubst du, dass er da ist?«

»Wir müssen nachsehen, und wenn wir ihn dort auch nicht finden . . .« Nienke spielte nervös mit ihren Haaren.

»Lass uns schnell hin«, sagte David. »Jochen braucht uns.« Nienke lief schweigend nach draußen, doch an der Tür drehte sie sich zu ihm um. »Ich hab plötzlich so ein komisches Gefühl.«

»Was meinst du damit?«, fragte David.

»Kann ich dir auch nicht sagen, aber mich überkommt mit einem Mal ein beklemmendes Gefühl, ganz bedrohlich.«

»Komm mit«, sagte David. »Wir müssen uns beeilen.«

Das bedrückende Gefühl verschwand nicht. Hatten sie auf dem Weg hierher noch die ganze Zeit geredet, so waren sie jetzt umso stiller. David hatte nur einen Gedanken, und je näher sie der Stelle kamen, desto schwerer drückte ihn sein Gewissen.

»Hier rechts. Geradeaus. Links.« Mehr sagte Nienke nicht. David hatte keine Ahnung, aus welcher Richtung sie gekommen waren; er wusste nicht mal, wie lange sie mit dem Rad gefahren waren, es konnten anderthalb Stunden sein, aber auch zwei.

Er dachte an Jochen, der nach der Fete hierhergelaufen war, ganz allein, in dieser düsteren Landschaft. Bisher waren sie noch niemand begegnet, abgesehen von einem Bauern auf seinem Traktor. Was musste es hier im Dunkeln unheimlich sein. Wie verloren musste man sich fühlen, dass man nicht kehrtmachte und zu Hause im eigenen Zimmer ins warme Bett kroch?

»Hier ist es«, sagte Nienke.

David legte sein Fahrrad ins Gras und folgte Nienke auf einem schmalen Pfad. Ab und zu schlug ihm ein Zweig ins Gesicht, aber er spürte es nicht, sondern sah nur den freien Platz am Ende des Weges, von dem aus man auf den See blicken konnte.

Sie konnten Jochen nirgends entdecken und formten mit ihren Händen einen Trichter, um nach ihm zu rufen.

»Jochen«, schallte es über das Wasser.

Sie riefen ununterbrochen seinen Namen und suchten die Umgebung ab. Überall, wo Nienke schon mit Jochen gewesen war, sahen sie nach. Keine Stellen ließen sie aus, bis Nienke David nach einiger Zeit mit verzweifeltem Gesicht ansah. »Er ist nicht hier.«

»Wir können bei ihm zu Hause anrufen«, schlug David vor. »Vielleicht wissen seine Eltern mittlerweile mehr.«

»Lass uns gehen. Hier entlang, dann brauchen wir nicht das ganze Stück zurückzulaufen.«

»Jochen«, versuchte es Nienke noch ein paar Mal, und sie starrte über das Wasser.

Dann packte sie Davids Hand. »Da . . .!« Ihre Stimme klang heiser, und ihr Gesicht war kreidebleich, als sie auf das Wasser deutete. »Da treibt Jochens Tasche.«

David wusste nicht, wie ihm geschah. Eine Riesenpanik überkam ihn, und er schrie um Hilfe und rief Jochens Namen. Nienke konnte nur dastehen und weinen.

David wollte nicht, dass dieses schreckliche Gefühl Besitz von ihm ergriff; er wollte, dass Jochen zwischen den Büschen hervorkam. Er konnte nicht sagen, wie lange sie dastanden, mit klappernden Zähnen in der Eiseskälte.

Die Stille, die sie zu Tode erschreckte, hielt beide fest umklammert. Nienke musste unwillkürlich an die Grenzen ihrer Freundschaft zu Jochen denken, während David an seinen eigenen Fehler auf der Fete erinnert wurde, ein Fehler, den er vielleicht nie mehr gutmachen konnte, nie mehr.

Alle waren sie da. Jochens Eltern, Nienke, die ganze Klasse, Tino van Dijk und Herr Schwarz. Nur Sanne, Justin und Remco fehlten, sie waren vorläufig der Schule verwiesen worden. Selbst Simbad war dabei. Er lag neben Nienke und hatte seinen Kopf auf den tropfnassen Rucksack gelegt.

Mit angehaltenem Atem beobachteten sie, wie die Taucher im Wasser verschwanden, immer an einer anderen Stelle. Jedes Mal, wenn sie mit leeren Händen auftauchten, ging ein Seufzer der Erleichterung über den See. Drei Viertel der Wasserfläche hatten sie schon abgesucht, und bei jedem neuen Tauchgang schöpften sie wieder neue Hoffnung. War Jochen doch noch am Leben? David drückte Nienkes Hand. Es durfte einfach nicht so enden. Sie schätzten den Abstand zum anderen Ufer und kamen zu dem Schluss, dass die Männer noch zweimal tauchen mussten. Angespannt kamen die Zuschauer immer dichter ans Ufer. Schließlich tauchten die Froschmänner mit Jochens erstarrtem Körper auf.

Die Schüler der 8 b wichen einen Schritt zurück. Sie wollten es einfach nicht wahrhaben. Einige hielten die Hände vors Gesicht, um die Wahrheit nicht sehen zu müssen. Andere stützten sich gegenseitig oder suchten Hilfe bei ihrem Klassenlehrer, aber Tino, der die Folgen seiner Hänseleien nicht überblickt hatte, war genauso geschockt wie seine

Schüler. Er musste seine ganze Kraft aufbringen, um seine eigenen Gefühle unter Kontrolle zu halten.

Sie sahen, dass Jochens Eltern sich kreidebleich aneinander festklammerten und dass ein Rettungshelfer sich um sie kümmerte.

Doch die tief schockierten Eltern bemerkten den Mann nicht einmal; sie hatten nur Augen für den leblosen Körper ihres Sohnes, der von zwei Männern auf eine Bahre gelegt wurde.

Innerhalb weniger Minuten hatte sich die Welt der 8 b verändert; die Bäume, der See, alles schien von Dunkelheit umhüllt. Selbst die Luft, die sie atmeten, fühlte sich schwer an.

Plötzlich hörten sie Simbads klagendes Wimmern über dem See. Er nahm den Rucksack in die Schnauze und legte seinen Kopf neben Jochen auf die Bahre, als wollte er sein Herrchen nicht im Stich lassen, auch nicht, als die Taucher vorsichtig versuchten, ihn wegzunehmen. Sie mussten warten, bis Nienke das Tier an sich nahm. Die Türen des Krankenwagens wurden zugeklappt, und Jochen fuhr für immer fort von ihnen.

Heulend blieben die Schüler der Klasse 8 b zurück. Sie waren von ihren Gefühlen überwältigt und gaben Sanne, Justin und Remco die Schuld, um ihr eigenes Gewissen zu beruhigen. Doch das konnte David kein Trost sein, er wusste, dass sie alle schuldig waren, jeder Einzelne, der nicht gegen die Quälereien aufgetreten war.

16 Nicht nur die Klasse 8b, sondern alle Schüler und Lehrer der Schule waren vollkommen niedergeschlagen. Das Schulfest, das jedes Jahr kurz vor den Frühjahrsferien stattfand, wurde abgesagt.

Auf dem Podium in der Pausenhalle stand ein langer Tisch, auf dem Kerzen brannten und Gedichte ausgelegt waren. Und in der Mitte des Tisches lag ein Buch, in das jeder etwas hineinschreiben konnte.

Um die Geschichte von Jochens Tod besser verstehen zu können, hatte Herr Schwarz mit jedem Schüler der 8b persönlich gesprochen. Weil das Tagebuch ihm dabei hilfreich sein konnte, hatten Herr und Frau Steenman es ihm geliehen.

In Dick Braths Unterrichsstunde kam er in die Klasse und berichtete, dass er Jochens Tagebuch voller Abscheu gelesen hatte und dass Sanne, Justin und Remco einen sehr großen Anteil an der Tragödie hatten. Die Schulverwaltung hatte deshalb beschlossen, sie der Schule zu verweisen. Einen Augenblick blieb es still, dann fuhr Herr Schwarz fort: »Die Schulverwaltung ist der Auffassung, dass euch alle Schuld trifft, weil niemand von euch gegen die Quälereien aufgetreten ist und alle es einfach mit angesehen haben. Darum erhält die ganze Klasse heute einen Verweis. Ihr könnt eure Taschen packen und zu Hause darüber nachdenken. Um euch dabei zu helfen, möchte ich, dass ihr einen Aufsatz über das Geschehene schreibt, den ihr morgen bei mir abgebt.«

Auch wenn sie sonst empört aufgestöhnt hätten, war heute keinem nach einer Widerrede zumute. Schweigend wurden die Taschen gepackt, und kurz darauf verließen sie geräuschlos das Klassenzimmer.

Niels schlug dem Team der Schülerzeitung vor, zusammen eine Geschichte zu schreiben, um sie später in der Schülerzeitung abzudrucken, doch David wollte lieber allein sein.

Gerade jetzt, wo er so niedergeschlagen war, schmerzte es, Vera und Yussef zusammen zu sehen. Er hatte Angst, dass er es nicht mehr aushielt und mit seinen Freunden Streit anfing, genau wie gestern Abend mit seinen Eltern. »Es ist deine Schuld«, hatte er unvermittelt zu seiner Mutter gesagt. »Du warst mir nie ein gutes Vorbild. Du hast mir nie vorgelebt, wie man tapfer ist, mit deinen Schmeicheleien Oma gegenüber. ›Ja, Mutter, natürlich, Mutter.‹ – ›Nun, da lässt du Herrn Deutekom doch einfach außen vor, was macht das schon . . .‹«

David hatte gewusst, dass er seiner Mutter damit unrecht tat, aber er hatte nicht aufhören können und war schließlich im Streit aus dem Zimmer gelaufen. Als sein Vater kurz darauf nach oben gekommen war, hatte er auch ihn abgekanzelt. »Wieso willst du jetzt mit mir reden, das kannst du doch sonst auch nicht. Du hältst mir doch nur irgendwelche Vorträge.« Und er war aufgestanden und hatte seine Jacke angezogen. Er hatte weggewollt, weit weg, als könnte er vor seinen Schuldgefühlen fliehen.

Er wusste nicht, wie lange er draußen umhergelaufen war, wusste nicht, wo er gewesen war. Plötzlich hatte er vor Jochens Haus in der Emmenallee gestanden, und er hatte das Gefühl gehabt, den Schmerz von Jochens Eltern spüren zu können. Die Stille von Jochens leerem Zimmer hatte in seinem Kopf gehallt, und das Schuldgefühl, das mit jeder Minute größer wurde, hatte ihm Angst eingejagt. Er hatte mit jemandem reden müssen, deshalb war er auf sein Rad gestiegen und zur Post gefahren, wo er in einer Telefonzelle Nienkes Nummer gewählt hatte.

Er hatte nichts zu erklären brauchen, sondern nur geheult und gesagt, wie leid es ihm tat. Nienke hatte ihn verstanden und war ihm nicht mit schwachen Bemerkungen gekommen, um ihn zu trösten, so wie seine Eltern das getan hatten: »Du musst es dir nicht so zu Herzen nehmen, es war Jochens eigene Wahl.«

Nein, Nienke hatte ihm zugestimmt, dass er dumm gewesen war und dass dieses Wissen schmerzte. Sie hatte ihm einen guten Rat gegeben. »Weißt du, David«, hatte sie gesagt. »Du musst lernen, mit deinem Schuldgefühl umzugehen. Wenn dir das nicht gelingt, kann ich dir gern helfen.«

Es hatte ihn erleichtert, dass es zumindest eine Person gab, zu der er gehen und mit der er seinen Kummer teilen konnte.

»Bist du sicher, dass du allein sein willst?«, fragte Niels, als sie draußen standen.

»Ja, ganz sicher.« David stieg auf sein Rad und fuhr los.

An der Brücke bog er rechts ab und beschloss, nicht nach Hause zu fahren, sondern zu der Stelle, an der Jochen ertrunken war. Den ganzen Morgen hatte er sich zusammengerissen und seine Tränen zurückgehalten, aber jetzt, wo er allein war, ließ er sie einfach laufen. Er hatte Angst, nie wieder glücklich zu werden; hatte Angst, den Rest seines Lebens, genau wie heute Nacht, von Jochens Schrei geweckt zu werden: »David, hilf mir!«

Der Wind wehte Sand in sein Gesicht, und er musste gegen den Wind ankämpfen. Er begann zu schluchzen. »Ich wollte dir ja helfen . . .«

Kurz darauf legte er sein Rad ins Gras und lief über den Sandpfad zum See, und erst als er am Ufer stand, wurde er etwas ruhiger. Er blickte zu der Stelle, an der sie den Rucksack hatten treiben sehen und an der Jochen ein paar Stunden später aus dem Wasser geholt worden war. Und mit einem Mal fing David an, mit Jochen zu sprechen, als ob er vor ihm stünde.

»Ich finde mich selbst ganz schön mies, Jochen, ein Weichei. Ich hätte viel früher für dich eintreten sollen. Aber als ich dir an dem Nachmittag mein Wort gab, meinte ich es auch so. Du denkst bestimmt: Ja, du hast gut reden, aber es stimmt. Ich war an dem Abend total durcheinander, weil ich Yussef und Vera zusammen gesehen habe. Das ist natürlich keine Entschuldigung, aber ich hatte ernsthaft die Absicht, die Quälereien nicht länger hinzunehmen. Ich versteh auch nicht, dass ein Mädchen es schafft, einen so zu verwirren, dass man sogar sein Wort bricht, aber es ist geschehen. Ich wollte Vera fragen, ob sie meine Freundin wird, und dann stand sie knutschend mit Yussef da. Jetzt könnte ich mich selbst vor den Kopf schlagen, und ich sehe die ganze Zeit vor mir, wie du zu mir gekommen bist und mich um Hilfe gebeten hast, aber an diesem Abend habe ich nichts mitbekommen, ich war versunken in meinen eigenen Kummer um Vera. Ich habe dich im Stich gelassen, das wäre mir sonst nie passiert. Ich glaube, dass es allein wegen Vera so weit mit mir kommen konnte. Sie ist so bildschön. Na ja, ich brauch dir nichts weiter zu erzählen, du kennst sie. Ein Lächeln reicht, um mich völlig aus dem Häuschen zu bringen.« David seufzte. »Weißt du, Jochen, wir haben alle einen Verweis bekommen, und die drei Quälgeister sind von der Schule geflogen. Allen tut es leid, aber davon bekommen wir dich auch nicht zurück. Wenn ich noch mal jemandem begegne, der andere quält, dann werde ich erzählen, was passiert ist und wie sehr ich es bereue, dass ich nicht tapfer genug war. Und das nur, weil ich Angst hatte, allein dazustehen. Doch jetzt fühle ich mich noch viel einsamer als du in der Klasse, weil ich niemanden habe, der mich trösten kann. Nur Nienke. Du hast einen guten Geschmack, Jochen. Was bin ich nur für ein Schwächling! Sie sagte, ich müsse etwas gegen mein Schuldgefühl tun. Und wenn ich jetzt hier stehe, weiß ich, dass ich das tun muss, für dich und für mich.«

Während die Tränen über seine Wangen strömten, holte er Schreibblock und Stift aus seinem Rucksack.

Er setzte sich auf einen Baumstumpf und dort, ganz dicht bei der Stelle, die Jochen gewählt hatte, um für immer von den Quälereien befreit zu sein, schrieb David seine Geschichte für Herrn Schwarz.

17 Heute wurde Jochen in aller Stille eingeäschert, das war der Wunsch seiner Eltern.

Die Schüler der 8 b fanden sich nur schwer damit ab, dass sie nicht dabei sein konnten, darum hatte Herr Schwarz über einen würdigen Abschied von Jochen nachgedacht.

In Zweierreihen radelten sie zum See, und obgleich es nicht verabredet war, wurde es eine schweigsame Fahrt. Nur das Plätschern des Regens auf dem Asphalt und die Autos, die sie unterwegs überholten, unterbrachen die Stille.

Ein Lastwagen fuhr dicht an ihnen vorüber und spritzte sie nass, doch niemand fluchte oder wurde böse. Es war ein ganz schönes Stück bis zum See hinaus, vor allem da der Wind von vorne wehte und ihnen ein kräftiger Regen ins Gesicht schlug. Keiner von ihnen klagte, denn diese Unannehmlichkeiten waren nichts verglichen mit dem Schmerz des Abschieds.

Außer David war keiner in der Zwischenzeit am See gewesen, und je näher sie ihrem Ziel kamen, desto langsamer wurden sie, als wollten sie die Konfrontation so lange wie möglich herausschieben.

Davids Gedanken wanderten zu der Trauerfeier im Krematorium, und er dachte an Jochens Eltern und Nienke und Simbad, der seit zwei Tagen in seinem Körbchen lag, seinen Kopf zwischen die Vorderpfoten gesteckt. Jochens Mutter hatte erzählt, dass Simbad an dem Abend der Fete plötzlich laut gejault hatte. Es war gegen zwölf Uhr gewesen, und sie wusste nicht, was er wollte. Später erfuhr sie vom Arzt, dass Jochen zu dieser Stunde ertrunken war.

Es blieb glücklicherweise trocken, als sie den Sandpfad erreichten, nur ein paar Tropfen fielen von den Bäumen. Fast geräuschlos stellten sie ihre Räder ab, voller Angst, die bedrückende Stille zu stören. Dann bekamen alle von Herrn Schwarz eine weiße Lilie.

In einer langen Reihe, ganz langsam, liefen sie zum See, stellten sich nebeneinander hin und blickten auf das Wasser.

Zwei Minuten schwiegen sie zum Gedenken an Jochen. Herr Schwarz trug ein Gedicht vor, bevor David nun nach vorne trat und eine Stelle aus Jochens Tagebuch vorlas.

20. Januar

Ich habe Angst, zur Schule zugehen, denn die Hänseleien werden immer schlimmer. Das liegt daran, dass sie mich hassen, und ich weiß nun auch, warum: Sie glauben, ich sei ein Monster, das sie krank macht. Erst habe ich gedacht, sie sagen das nur so dahin, nur um mich zu piesacken. Aber da sie es immer häufiger sagen, bekomme ich Angst, weil ich denke, dass sie vielleicht recht haben könnten.

»Bei deinem Anblick wird mir ganz schlecht«, hat Justin gesagt. Alle haben es gehört, doch niemand hat etwas entgegnet. Absolut niemand, also stimmt es vielleicht.

Als ich heute Mittag nach Hause kam, habe ich mich lange im Spiegel angesehen und musste mich plötzlich übergeben. Es kann an meiner Nervosität liegen, aber ich habe mich noch nie deswegen übergeben müssen, denn meist bekomme ich davon Kopfschmerzen. Morgen setze ich mich ein Stück entfernt von den anderen in die Pausenhalle, dann sehen sie mich nicht. Ich hoffe, das wird helfen. Jetzt verstehe ich auch, warum Nienke am Samstag übel wurde. Sie sagte, dass es wegen der Pommes war, aber es war bestimmt meinetwegen. Sie kann mich nicht ertragen, aber sie traut sich nicht, das zuzugeben, weil wir doch Freunde sind. Vielleicht weiß sie es selbst nicht, das ist auch möglich.

Ich finde es schrecklich, dass jedem von mir übel wird. Das möchte ich nicht. Wenn es wirklich so ist, bin ich lieber tot. Ich wünschte, jemand könnte mir helfen, denn ich weiß nicht mehr ein noch aus. Ich weiß nicht, wie lange ich das noch ertrage . . .

David klappte das Tagebuch zu und stellte sich wieder zwischen seine Freunde.

Tino van Dijk war der Erste, der nun vortrat und seine Blume niederlegte.

»Tschüss, Jochen«, sagte er. »Ich hoffe, dass du mir vergeben kannst. Ich weiß, dass ich einen sehr großen Fehler gemacht habe und dass ich es nicht verdiene, mit jungen Menschen zu arbeiten. Aber Herr Preukmer meint, dass ich lernen kann und dass unsere Schule, die deinen Kummer in sich trägt, dafür der geeignetste Ort ist. Ich werde alles tun, um zu beweisen, dass ich ein guter Sportlehrer bin, auch für Schüler, die mein Fach nicht gern mögen und nicht gut im Sport sind, das verspreche ich dir.«

Dann trat Niels nach vorn. »Hallo, Jochen. Ich bin kein großer Redner, darum möchte ich etwas für dich spielen. Meine Gitarre habe ich nicht mitgebracht, aber ich denke, dass dir das auch gefällt.« Er holte seine Mundharmonika aus der Tasche und begann zu spielen.

»Tag, Jochen«, sagte Marion. »Es tut mir unendlich leid.«

Yussef sang ein Lied, das sie in Marokko sangen, wenn jemand gestorben war.

Jeder, der eine Blume niederlegte, versuchte, ein paar Worte zu Jochen zu sagen, auch wenn es schwerfiel und sie heulen mussten.

Als die letzte Blume auf dem Wasser trieb, machte Herr Schwarz ihnen ein Zeichen, dass sie gehen konnten. Während sie »We are the world« sangen, umrundeten sie den See, und das Wasser trug ihre Stimmen weit fort. Am Sandpfad drehten sie sich noch einmal um zum See, der totenstill und voller Lilien dalag.

In der Schule hatte Herr Schwarz die Geschichten hören wollen, die sie in den letzten Tagen für ihn geschrieben hatten. Sie waren sehr ergreifend geworden, vor allem Davids Geschichte, aber er hatte auch sehr lange daran gearbeitet und war erst am späten Nachmittag vom See nach Hause gefahren. Abends hatte er Nienke angerufen und ihr seine Geschichte vorgelesen. Einige Male hatten ihn seine Gefühle übermannt, dann hatte er eine kurze Pause machen müssen, besonders als am anderen Ende Schluchzer zu hören gewesen waren.

Nienke fand seine Geschichte sehr schön und bat ihn, ihr eine Kopie zu schicken, damit sie sie in der Schülerzeitung abdrucken konnte. Darauf war David schon ein wenig stolz. Sie hatten verabredet, dass sie noch einmal zu ihm kam, damit sie zusammen über Jochen reden konnten, doch davon hatte David Niels nichts erzählt.

Er wusste zu gut, was dann kam. Niels dachte bestimmt sofort, dass er in Nienke verliebt war.

David seufzte. Wenn er nur in Nienke verliebt wäre, dann könnte er wenigstens Vera vergessen. Er ging ihr im Moment aus dem Weg, aber das konnte natürlich nicht so bleiben, zumal in der folgenden Woche die nächste Redaktionssitzung stattfand. David sah vorsichtig nach rechts. Das erste Mal nach der Klassenfete traute er sich, Vera anzusehen, und sofort durchlief ihn ein warmes Gefühl. Nein, seine Verliebtheit war noch nicht vorbei, noch lange nicht.

David war nicht der Einzige, der eine schöne Geschichte geschrieben hatte; alle hatten sich Mühe gegeben, und als jeder seine Geschichte vorgelesen hatte, sagte Herr Schwarz abschließend, dass eigentlich niemand von ihnen Jochen richtig gekannt hatte und sie nichts von ihm gewusst hatten, obwohl sie seit anderthalb Jahren zusammen in einer Klasse waren. Außerdem hatten sie ihn praktisch vom ersten Tag an ausgeschlossen.

»Am Anfang war es schon ein wenig komisch«, sagte Marion, »aber hinterher wurde es zur Normalität.«

»Wir haben uns meist auf Jochens Kosten amüsiert«, gab Yussef zu. »Wenn wir uns langweilten, haben wir ihn ausgelacht, und wenn wir sauer waren, konnten wir ihm einen Tritt verpassen.«

Herr Schwarz nickte. »Niemand von euch hat daran gedacht, dass Jochen ein Mensch mit Gefühlen war, der eure Freundschaft und Liebe brauchte.« Einen Augenblick schwieg die Klasse betreten, dann fuhr der Lehrer fort: »Das Drama hat sich nun leider so abgespielt. Wir müssen dafür sorgen, dass so etwas nicht noch einmal passiert. Wir alle tragen eine Mitschuld, auch die Lehrer, dessen sind wir uns bewusst, und wir sind es Jochen schuldig, dass wir eine Schule werden, an der niemand mehr gequält wird. Ich will, dass alle mithelfen, Schüler, Lehrer und natürlich auch ich selbst. Ich denke, dass wir es schaffen.«

18 Am letzten Sonntag hatten Nienke und Simbad Jochens Eltern besucht, und da sie ohnehin in der Stadt war, hatte Nienke sich auch mit David verabredet. Der hatte sich gefreut. sie wiederzusehen. Zwar kannten sie sich noch nicht lange, aber in den Stunden, die sie zusammen verbracht hatten, hatten sie etwas sehr Schmerzliches erlebt.

Am Sonntagnachmittag waren sie zum See geradelt, das

hatte Nienke so gewollt, denn seit der Trauerfeier war sie nicht mehr dort gewesen und sie hatte eine Blume für Jochen mitgenommen.

Als sie zum See kamen, hatte Nienke zum Ufer gezeigt. »Wer ist das?«

»Tino van Dijk«, hatte David geflüstert. Und beobachtet, wie sein Klassenlehrer weiße Blumen ins Wasser fallen ließ, kurz verharrte und dann ging.

David hatte Nienke schnell in die Büsche gezogen. Er wollte nicht, dass Tino wusste, dass sie ihn gesehen hatten.

»Jetzt begreife ich«, hatte Nienke gesagt, als Tino auf seinem Rennrad davongefahren war. »Jochens Eltern haben erzählt, dass jedes Mal, wenn sie zum See kommen, frische weiße Blumen im Wasser treiben. Sie haben sich schon gefragt, von wem sie sind, aber jetzt wissen wir es. Das macht euer Sportlehrer. Dem Macho hätte ich das gar nicht zugetraut.«

»Er tut sich sehr schwer damit«, hatte David geantwortet. »Das merkt man ihm an. In den letzten Stunden war er sehr niedergeschlagen. Jochens Tod hat ihn verändert.«

»Jochens Tod hat uns alle verändert.« Nienke hatte einen Zweig abgebrochen. »Hallo, Jochen, ich vermisse dich sehr«, hatte sie in den Sand geschrieben.

Sie hatten sich schweigend ans Ufer gesetzt. Nienke hatte die Blume ins Wasser gelegt und angefangen, von Jochen zu erzählen.

David hatte an diesem Nachmittag viel gelernt, und es gab niemanden, der seine Schuldgefühle so gut verstehen konnte wie Nienke. Sie hatten zusammen nachgedacht.

Am Abend war er direkt zu Niels gefahren, und glücklicherweise war auch der von Davids Vorschlag sofort begeistert gewesen. David hatte Tage damit verbracht, seine Idee genauestens auszuarbeiten, und dabei nicht mal Zeit gefunden, um an Vera zu denken. Das kam ihm sehr gelegen, denn heute Nachmittag fand die Redaktionssitzung statt. Vor einer Woche war ihm bei dem Gedanken daran noch mulmig gewesen, aber jetzt konnte er es nicht abwarten, seinen Freunden seinen Plan zu erläutern.

Meist leitete Niels die Sitzungen, aber heute überließ er David das Wort.

David lief rot an. »Du kannst es auch sagen.«

»Angsthase«, sagte Niels. »Es ist deine Idee, also mach schon!«

»Nun äh . . . also gut.« David blickte seine Freunde an. »Es hat uns alle schwer getroffen, was mit Jochen passiert ist. Im Nachhinein hätten wir uns alle anders verhalten, aber das nützt uns jetzt auch nichts. Ich bin mir sicher, dass . . . äh . . . Jochen sicher nicht der Einzige ist, der gequält wird. In jeder Schule gibt es jemanden, der so verzweifelt ist wie er.«

»Das ist schlimm genug«, fiel Yussef ihm ins Wort. »Aber das können wir auch nicht ändern.«

David spielte nervös mit seinem Stift. »Ich denke, dass wir als Redaktion der Schülerzeitung schon etwas tun können. Wir können eine Rubrik einrichten, wo jeder, der etwas zu dem Thema sagen möchte, einen Artikel schreiben kann. Betroffene können sich an uns wenden, auch wenn sie nur wissen wollen, wie es anderen ergangen ist, die schon mal gequält wurden. Über der Rubrik möchte ich ein Stück aus Jochens Tagebuch abdrucken.«

»David hat es bereits mit Paul Nobbe besprochen«, fügte Niels hinzu. »Der findet die Idee gut.«

Als die anderen zustimmten, fuhr David fort: »Bisher haben wir nur von unserer Schule gesprochen, aber das reicht mir nicht. Ich möchte Kontakt zu anderen Schülerzeitungen in der Stadt aufnehmen. Es gibt insgesamt fünf, das müsste zu schaffen sein.«

»Was für eine tolle Idee«, fand Vera. »Ich bin mir sicher, dass sie begeistert sind, denn jeder weiß, was mit Jochen passiert ist, es hat schließlich groß in der Zeitung gestanden.«

David nickte. »Wir müssen einen Brief an die anderen Redaktionen schreiben und einen Termin vereinbaren.«

»Wir können uns auch aufteilen«, schlug Niels vor. »Dann müssen wir uns nicht alle fünf um das Gleiche kümmern.«

»Was bist du doch ein kluges Köpfchen«, sagte David. »Und das bei deinem Holzkopf . . .«

Niels versetzte seinem Freund einen leichten Stoß.

»Was haltet ihr von einer Hotline?«, fragte Marion.

»Ja«, pflichtete Vera ihr bei. »So wie bei der Telefonseelsorge. Da können die Leute auch mit ihren Problemen anrufen.«

»Wie soll das für uns aussehen?«, fragte Yussef. »Wir können doch nicht das ganze Wochenende neben dem Telefon sitzen?«

»Das brauchen wir nicht«, erklärte David. »Wir können doch eine bestimmte Zeit verabreden, zu der man uns erreichen kann, zum Beispiel jeden Abend von sieben bis acht, und wir wechseln uns dabei ab.«

»Wie sollen wir uns dann melden?«, fragte Niels. »Hallo, hier ist das Problemtelefon. Das wird meinem Vater bestimmt gefallen, der wird nach dem Essen oft von Kunden angerufen. Die bestellen dann nichts mehr bei ihm.«

»Ja, dann hast du wirklich ein Problemtelefon«, lachte Vera, »aber dann für deinen Vater. Nein, das geht nicht. Wir können doch unseren Namen nennen, den geben wir gleich mit an.«

»Sind im Prinzip alle einverstanden?«

Als alle nickten, nahm David Papier und Bleistift. »Ich finde, wir müssen so schnell wie möglich anfangen. Ich weiß doch, wie das geht. In ein paar Monaten haben alle wieder vergessen, was mit Jochen passiert ist.«

Da stimmten die anderen ihm zu, sie mussten wirklich sofort etwas unternehmen.

»Also gut«, sagte David. »Wir bitten sie, ob sie nicht auch eine Rubrik zum Thema Mobbing in ihre Schülerzeitung aufnehmen können. Wenn es gut läuft, kann jede Schule natürlich auch ein eigenes Problemtelefon einrichten, aber ich finde, dass wir das für den Moment selbst übernehmen sollten.«

»Da ist noch was«, sagte Marion. »Die Kinder, die gequält werden, brauchen dringend Hilfe, aber wenn wir wirklich etwas erreichen wollen, müssen wir die große Masse ansprechen, die teilnahmslos zusieht. Ihr wisst doch, wie es bei uns gewesen ist.«

»Klasse!« Niels streckte die Daumen hoch. »Wir kopieren unsere Geschichten, nicht alle natürlich, aber beispielsweise die von David. Das wird sie beeindrucken.«

»Und die Lehrer müssen auch wachgerüttelt werden«, fand Marion. »Der lahme Haufen. Wie oft ist Jochen nicht auch in der Pausenhalle gepiesackt worden und keiner hat was gemerkt? Und das eine Mal, als er während der

Französischstunde heulte, hat Rüblitörtchen nichts unternommen und nur gesagt, wir sollten Seite 31 aufschlagen.«

»Ich seh schon«, seufzte Yussef. »Problemtelefon, Infos für Lehrer, Kopieren und Verschicken der Geschichten . . . Das hört sich alles fantastisch an, und ich steh auch voll dahinter, aber es kostet viel Zeit.«

»Was willst du damit sagen?«, fragte Vera.

»Johan und ich haben verabredet, nächste Woche ein neues Computerprogramm zu schreiben, und wir haben bereits einen Arbeitsplan aufgestellt. Ich bin ganz schön damit beschäftigt und dann noch die Hausaufgaben! Es tut mir leid, aber die Verabredung mit Johan geht vor.«

»Wieso geht das vor?«, rief Vera. »Das ist doch zweitrangig. Es gibt im Moment wirklich wichtigere Dinge.«

»Nun ja . . . äh . . . ehrlich gesagt, finde ich die Verabredung mit Johan wichtiger.«

»Ich verstehe dich nicht«, antwortete Vera. »Du machst es dir ganz schön einfach. Erst stehst du heulend am See, doch jetzt, wo du etwas tun kannst, um ein nächstes Mal zu verhindern, ist dir die Arbeit mit einem Mal zu viel.«

»Ich finde es nicht zu viel Arbeit. Ich habe keine Zeit.«

Vera streichelte Yussefs Wange. »Das wird schon, ich bearbeite dich noch.«

»Jetzt musst du aufpassen, Yussef«, lachte Niels. »So fängt es an. Wenn du nicht aufpasst, stehst du bald ganz unter ihrer Kontrolle. Darum will ich auch keine Freundin, denn bevor du dich versiehst, bist du schon in irgendeinem Tanzkurs angemeldet.«

»Yussef steht nicht unter meiner Kontrolle«, wehrte sich Vera. »Er braucht nur ab und zu einen kleinen Anstoß.«

»Genau«, sagte Yussef. »Sollen wir irgendwo eine Cola trinken?«

»Erst will ich die einzelnen Aufgaben verteilen.« David machte eine Liste mit Dingen, die erledigt werden mussten, und ging anschließend die Liste noch einmal der Reihe nach durch. »Nun, wenn ich das so sehe, müssen wir uns jeden Tag treffen.«

»Lass sehen.« Während Vera sich die Punkte durchlas, legte sie ihre Hand auf Davids Schulter.

David spürte, wie er rot anlief. Er musste seufzen. War die Verliebtheit noch nicht verflogen?

Anscheinend nicht, denn als sie eine halbe Stunde später eine Cola tranken, spürte er Veras Hand noch immer.

Zu Hause stand eine Torte auf dem Tisch. David sah seine Mutter überrascht an. »Gibt es was zu feiern?«

»Ja«, sagte sie mit triumphierender Stimme und schenkte ihm eine Tasse Tee ein.

»Lasst ihr euch scheiden?«, zog David sie auf.

»David, bitte«, antwortete seine Mutter strafend.

David überlegte. »Du brauchst in diesem Jahr nicht mit nach Frankreich zu fahren?«

»Was sollen diese Anspielungen?«, fragte seine Mutter.

»Ich weiß schon«, sagte David. »Du hast gekündigt und wirst dich nun voller Hingabe auf deine Mutterpflichten stürzen.«

Seine Mutter schüttelte lachend den Kopf. »Ich habe etwas sehr Mutiges getan, das finde ich zumindest.«

»Dann weiß ich schon«, sagte David. »Du hast Oma die Wahrheit gesagt.«

»Richtig geraten.« Mutter schnitt ein großes Stück Torte

für ihn ab. »Sie war hier, um mich für heute Abend einzuladen.«

»Doch nicht schon wieder ein Musikabend?«

Mutter nickte. »Herr Deutekom war natürlich wieder als Einziger nicht eingeladen, und da habe ich ihr gesagt, was ich davon halte.«

»Und ist sie böse gegangen?«

»Nein, sie hat nur ein bisschen gemurrt, und ich habe gesagt: ›Du kannst gern böse auf mich sein, aber ich finde es besser, wenn du über meine Worte einmal nachdenkst. Immer müssen alle tun, was du willst. Herr Deutekom tut das nicht, und darum hast du ihm den Krieg erklärt.‹«

»So.« David drehte sich um. »Und die Fensterscheiben sind noch heil?«

»Sie ging also«, sagte seine Mutter. »Und ich dachte, mal abwarten, was nun kommt, aber ich wollte meine Worte auf keinen Fall zurücknehmen. Und, was glaubst du? Vor einer halben Stunde war Oma am Telefon. Sie ist bei Herrn Deutekom gewesen und hat ihn eingeladen. Er war sehr nett, und sie haben gemütlich eine Tasse Tee zusammen getrunken.«

»So was«, sagte David. Er wollte noch etwas hinzufügen, aber da klingelte das Telefon.

»Ich geh schon.« Seine Mutter nahm den Hörer ab.

»Hallo, Mutter«, hörte David sie sagen. »Nein, ich kann keinen Kuchen mehr backen, das schaff ich nicht. Hol doch einen beim Bäcker, der hat bis sechs Uhr geöffnet, dann kannst du dein Versprechen einhalten. Bis heute Abend. Tschüss.«

Als seine Mutter auflegte, nahm David die Teekanne. »Möchtest du noch eine Tasse oder musst du noch putzen?«

Seine Mutter ließ sich in den Stuhl fallen. »Das brauche ich Gott sei Dank nicht, denn morgen erscheint in der Zeitung eine Anzeige für eine Haushaltshilfe.«

»Klasse, Mama, ich bin stolz auf dich!« David biss in sein Tortenstück.

19 Bei den Plänen der Redaktion war es nicht geblieben, sondern sie hatten mit den Redaktionsteams der anderen Schülerzeitungen Gespräche geführt. Alle waren sehr begeistert gewesen, und einige hatten die Rubrik sofort eingerichtet.

Ihre eigene Schülerzeitung war in der letzten Woche erschienen, und die Resonanz war sehr groß gewesen. Sie hatten bisher zwei Briefe erhalten. Einer war von einem Mädchen aus der Siebten, das schrieb, dass es gehänselt wurde und am liebsten die Schule verlassen wollte. Der zweite Brief stammte von einem Jungen aus der 10 c, der berichtete, dass er früher auch gepiesackt worden war und erzählte, was er dagegen unternommen hatte.

Das Redaktionsteam traf sich im Moment zweimal in der Woche, weil es so viel zu besprechen gab. David fand es prima; sie hatten viel Spaß zusammen, nur störte ihn ein wenig, dass er Vera dadurch so häufig sah. Sein Liebeskummer war nicht weniger geworden, und es nervte ihn, wenn er sie und Yussef zusammen sah. Würde das Gefühl mit der Zeit nachlassen? Glücklicherweise kam Yussef nicht zu jeder Sitzung, so brauchte David nicht jedes Mal mit anzusehen, wie sie aneinanderklebten.

Marion hatte zwar verkündet, dass die Beziehung auf der Kippe stand, aber das glaubte er nicht so recht, denn vor ein paar Tagen hatten sie noch knutschend bei den Fahrradständern gestanden. Da konnte man wohl nicht sagen, dass es schlecht um ihre Beziehung bestellt war.

David nahm seinen Stift. Sein Schreibzeug war tipptopp aufgeräumt, und sein ganzes Zimmer strahlte vor Sauberkeit. Die Haushaltshilfe, Rietje hieß sie, war heute zum ersten Mal bei ihnen gewesen. David hatte sie direkt sympathisch gefunden, obwohl er sich ein wenig schämte; sie hatte nicht nur sein Zimmer geputzt, sondern es auch gründlich ausgemistet. Im Garten standen jetzt vier Müllsäcke mit altem Papier, leeren Coladosen, Mandarinenschalen und leeren Bonbontüten.

»Sie brauchen hier nicht aufzuräumen«, hatte er heute Morgen gesagt, als sie in sein Zimmer gekommen war. »Das mache ich selbst.«

»Kein Problem, Junge, ich bin ruck, zuck fertig damit.«

Als David aus der Schule heimkam, war sie schon gegangen, und das ganze Haus hatte geblitzt. Es war ihm ein Rätsel, wie sie das an einem Tag geschafft hatte.

David las den Zettel, den sie auf seinen Schreibtisch gelegt hatte. »Diese Sachen habe ich unter deinem Bett gefunden.«

»Sachen«, nannte sie das! Sie hatte einen halben Container unter seinem Bett hervorgeholt. Bei den meisten Dingen hatte er nicht mal mehr gewusst, dass es sie noch gab. Ein selbst geschriebenes Buch vom Zehnerklub, das war noch aus der sechsten Klasse. *Streng geheim* stand auf der Vorderseite. David blätterte es durch.

»13. Oktober. Heute hat Peter eine Zigarette von zu Hause mitgebracht. Wir haben sie ganz geraucht.«

David musste lachen, vor allem über das »ganz«! Er erinnerte sich noch sehr gut. Eine Zigarette für alle zehn, und wie hatten sie sie genossen! Danach hatten sie noch eine Rolle Pfefferminz gelutscht, um den Geschmack wegzubekommen.

David erkannte auch die beklebte Streichholzschachtel wieder, und als er sie öffnete, entdeckte er ein Foto von Annabel, in die er in der Grundschule verliebt gewesen war, bloß weil sie so schöne Ohrringe getragen hatte. Eines Tages hatte sie ihre Ohrringe verloren, und seine Verliebtheit war sofort verflogen gewesen.

David seufzte. Wenn es nur so einfach wäre. Heute hatte Vera ihre Haare zu einem Pferdeschwanz zusammengebunden, und sie hatte von allen Seiten Kommentare zu hören bekommen. »Sünde« oder »Offenes Haar steht dir besser«. Er fand das Quatsch. Wenn sie ihre Haare offen trug, sah sie zweifellos aus wie Miss Universum, aber selbst mit Pferdeschwanz reichte es bei ihr immer noch zur Miss World. David schluckte. Jammerschade, dass sie nicht seine Miss World war, sondern die von Yussef. Er blickte auf seine Uhr. Drei Minuten vor sieben. Er hatte Telefondienst, es konnte also jeden Augenblick klingeln.

Sie hatten bisher mit verschiedenen Jungen und Mädchen gesprochen. Ein Mädchen namens Karin hatte sogar mehrmals angerufen, und als Niels gefragt hatte, ob er ihr helfen könnte, hatte sie angefangen zu heulen. Gestern hatte sie dann Vera erzählt, dass sie von einer Gruppe aus der Nachbarschaft gequält wurde, die sie herumschubsten und schlugen, dass sie sich kaum noch nach draußen traute. Jetzt warteten sie auch vor der Schule auf sie. Vera hatte nicht gewusst, wie sie helfen konnte, aber versprochen, mit den anderen gemeinsam zu überlegen. Sie wollte Karin dann zurückrufen.

In der Redaktion hatten sie gemeinsam entschieden, sich einmal in der Gegend umzusehen, aber zuerst mussten sie wissen, wo das Mädchen wohnte.

David klappte sein Englischbuch auf und fing an zu lernen. Vielleicht rief Karin heute an. Es klingelte.

»Hallo, David Smit.«

»Hallo«, hörte er am anderen Ende der Leitung. »Hier ist Karin. Ich rufe an, weil ich ständig gepiesackt werde.«

»Ja, ich hab von dir gehört«, sagte David. »Wir würden gern wissen, wo du wohnst, dann können wir uns in der Gegend umsehen.«

»Das braucht ihr nicht«, erwiderte Karin fröhlich. »Sie lassen mich jetzt in Ruhe. Heute Nachmittag kamen sie zu mir, und wir haben Frieden geschlossen. Ich kam gerade von der Gitarrenstunde, und weil sie in einer Band spielen, haben sie gefragt, ob ich bei ihnen mitspielen wollte. Nun, ich möchte schon gern. Wir haben uns gleich für morgen Abend um sieben verabredet. Klasse, nicht?«

David fand die Geschichte etwas sonderbar. »Wo ist der Übungsraum genau?«, wollte er wissen.

»Laudelweg 3«, antwortete Karin. »Es ist ein altes Haus. Ich kenn es, es steht seit fast einem Jahr leer.«

»Nun dann, herzlichen Glückwunsch und viel Erfolg mit der Band. Tschüss, Karin.« David legte auf.

Komisch, dachte er. Erst quälen sie das Mädchen und mit einem Mal darf sie nun bei ihnen mitspielen. Er musste daran denken, wie Jochen die Zeitungen ausgetragen hatte, das war auch so ein fieser Trick gewesen. Er musste Karins Fall morgen unbedingt mit den anderen besprechen.

»Hast du schon gehört?«, sagte Niels, als sie am nächsten Morgen zusammen zur Schule fuhren. »Zwischen Yussef und Vera ist es aus.«
»Woher weißt du das?«, fragte David.
»Von Yussef. Sie hatten in letzter Zeit viel Ärger. Vera war begeistert von unserem Vorhaben, und Yussef dachte nur an seinen Computer. Das ging ihr tierisch auf die Nerven. Aber das ist nicht der einzige Grund.«
»Was denn noch?«
»Anscheinend ist Vera in jemand anders verliebt.«
»In wen denn?«, wollte David wissen.
Niels wusste es auch nicht, aber David traute ihm nicht so ganz. Er sah seinem Freund an, dass er irgendetwas zurückhielt.
Hatte er sich an Vera herangemacht?
»Fandest du, dass sie zusammenpassten?«, fragte Niels.
Also doch, dachte David, da hatte er den Beweis.
»Ich fand schon«, sagte er deshalb mit Nachdruck.
Schweigend fuhren sie ein Stück. David fiel es immer noch schwer, Veras Namen zu hören. Heute Nacht hatte er von ihr geträumt. Und Vera ahnt nichts, sondern hatte sich längst in den Nächsten verliebt. Niels de Bruin hatte wieder mal Glück!
David wollte Niels von Karin erzählen, aber er wartete lieber, bis sie in der Schule waren. Dann konnten die anderen auch ihre Meinung äußern.

»Hat noch jemand angerufen?«, fragte Vera sofort.

»Wieder diese Karin«, sagte David und erzählte die Geschichte.

»Nun, dann hat das Mädchen ja Glück gehabt.« Marion hängte ihre Jacke an die Garderobe. »Das wäre somit auch gelöst.«

»So ist es«, sagte Niels. »Sonst noch was?«

Aber Vera ließ die Sache keine Ruhe. »Ich finde es komisch. Denkt doch mal nach, Leute, da stimmt doch irgendwas nicht. Warum soll sie plötzlich bei ihnen in der Band mitspielen? Als wenn die keinen anderen Gitarristen finden könnten. Für mich ist das eine Falle.«

»Das habe ich auch gedacht«, sagte David.

»Kommt schon, Leute«, meinte Niels. »Wenn es eine Falle ist, wird sie es schon merken. Wir haben ein Problemtelefon eingerichtet, keine Detektei.«

»Ja, das find ich auch«, stimmte Marion ihm zu.

»Also gut«, sagte David und ging vor in den Biologieunterricht.

Nach dem Essen saß David an seinen Hausaufgaben, doch er war mit seinen Gedanken ganz woanders und musste ständig an Karin denken. Auch wenn Niels der Meinung war, dass sie keine Detektei betrieben, so waren sie doch verantwortlich, wenn etwas schieflief. Nach dem Fehler, den er sich bei Jochen geleistet hatte, hatte er genug für den Rest seines Lebens. Anscheinend konnte Vera Gedanken lesen, denn in diesem Moment klingelte das Telefon.

»Ich glaube, ich weiß, warum du anrufst«, sagte David. »Du machst dir auch Sorgen wegen Karin.«

»Ja«, erwiderte Vera. »Es ist zwanzig nach sechs, um sieben ist sie an dem Haus verabredet. Ich würde lieber nachsehen.«

»Du hast recht«, sagte David. »Man kann nie wissen, was die Kerle ausgeheckt haben. Sollen wir uns an der Brücke treffen?«

»Dort ist es immer so unheimlich«, meinte Vera. »Und so still.«

»Soll ich dich abholen?«

»Weißt du noch, wo ich wohne?«, erkundigte sich Vera. »Es ist doch mindestens ein Jahr her, dass du bei mir warst.«

»Wohnst du nicht in der Vossiusstraße?«, fragte David. Er konnte schlecht sagen, dass er in diesem Jahr bestimmt schon dreißigmal an ihrem Haus vorbeigefahren war und jedes Haus und jeden Strauch in dieser Straße kannte.

»Prima, dass du es noch weißt«, sagte Vera. »Bis gleich dann.«

David rannte pfeifend nach unten, doch er riss sich schnell zusammen. So fröhlich brauchte er nun auch wieder nicht zu sein. Er durfte Vera abholen, weil sie Angst hatte, und er tat so, als ob sie zu einem Rendezvous verabredet wären.

»Gehst du noch weg?«, fragte seine Mutter.

David nickte. »Ich fahr eben zum Laudelweg.«

»Was willst du dort?«

»Angeblich spielt dort eine Band«, sagte David. »Ich will herausfinden, was für eine Band das ist.« Er zog die Haustür hinter sich zu.

20 Zum ersten Mal bog David ohne irgendeine faule Ausrede in die Vossiusstraße ein. Wie oft hatte er davon geträumt, während er heimlich bei Vera vorbeigeradelt war. Aber damals hatte er es sich anders vorgestellt.

»Hallo, da bist du ja schon.« Vera schob ihr Rad durch das Gartentor.

Sie fand es anscheinend unnötig, dass er hereinkam. Schließlich wollten sie zusammen einen Auftrag ausführen, mehr nicht.

Es wurde ihm jetzt schon warm, und dabei stand Vera nur neben ihm.

»Ich habe den Laudelweg auf dem Stadtplan gesucht«, sagte Vera. »Er liegt hinterm Bahnhof.«

»Wie sollen wir fahren?«, fragte David. »Durch den Park?«

Vera zuckte mit den Schultern. »Das ist mir egal.«

Nein, dachte David, wenn Niels hier wäre, wüsste sie es gewiss. Dann würde sie durch den Park fahren wollen und zwischendurch ein paar Mal anhalten.

»Wir fahren durch die Stadt«, sagte er mit bestimmt klingender Stimme und musste sich innerlich sehr zusammenreißen. Vielleicht fiel es ihm leichter, wenn er sich vorstellte, dass Vera Marion war.

»Spannend, nicht?« An der Ampel legte Vera ihre Hand auf Davids Schulter.

Davids Herz begann schneller zu schlagen, und er bemühte sich krampfhaft, sich vorzustellen, dass es Marions Hand war, aber es wollte ihm einfach nicht gelingen.

Als sie weiterfuhren, redete er sich ernsthaft ins Gewissen. Er musste sich auf ihr Vorhaben konzentrieren. Das war viel zu wichtig. Wie war es noch gleich? Diese Karin war von einer Band in das leere Haus eingeladen worden. Vielleicht war es falscher Alarm und sie machten wirklich nur Musik. Aber wenn dem nicht so war, musste er einen klaren Kopf bewahren, schließlich kannte er die Typen nicht, vielleicht trugen sie Messer bei sich. Wenn er nicht aufpasste, brachte er auch Vera in Gefahr. Dieser Gedanke half ihm.

Den Rest des Weges grübelte er darüber nach, wie sie es anstellen sollten.

»Ist es hier?« Vera und David hielten vor dem leeren Haus an.

»Wirklich eine richtige Bruchbude«, stellte David fest. »Es wundert mich, dass sie noch nicht eingestürzt ist. Sieh nur, die Eingangstür ist halb verrottet.«

»Der Garten sieht aus wie ein Urwald. Wirklich ein Ort zum Gruseln«, sagte Vera. »Was machen wir?«

»Reingehen«, schlug David vor. »Wir verstecken uns im Haus. Wenn etwas schiefläuft, kommen wir raus.«

In der Ferne sahen sie zwei Jungen und ein Mädchen näher kommen.

»Das könnten sie sein.« Vorsichtshalber zog David Vera hinter die Mauer. »Schnell.«

Sie rannten an der Seite des Hauses nach hinten in den Garten, aber auf halbem Wege blieben sie stehen. An der Außenwand war ein Fenster ohne Glasscheibe. Das Brett, das man irgendwann einmal vor das Fenster genagelt hatte, lag im Zimmer, sodass sie hier hineinklettern konnten. Nacheinander kletterten sie ins Haus. Gott sei Dank war es noch nicht dunkel, und sie konnten ausreichend sehen. In dem großen Zimmer, das wahrscheinlich einmal das Wohnzimmer gewesen war, entdeckten sie einen alten Schrank.

»Hier rein.« David schubste Vera hinein und hielt die Tür zu, doch durch die Ritze im Holz konnte er verfolgen, was sich im Zimmer abspielte.

»Was für ein Gestank.« David verzog angewidert das Gesicht. »Ich glaube, dieser Teil ist vom Schimmel zerfressen.«

»Psst . . .« Vera legte ihm die Hand auf den Mund. »Sie kommen.«

Sie hörten Poltern und Lachen, und dann sahen sie zwei Jungen und ein Mädchen ins Zimmer treten.

»So.« Ein hochgewachsener Junge setzte sich auf den Boden. »Wollen doch mal sehen, ob die Tussie so blöd ist zu kommen.«

»Wetten, dass sie kommt.« Das Mädchen holte ein Päckchen Zigaretten heraus, steckte eine an und warf dem hochgewachsenen Jungen eine zweite zu. »Hier fang, Peter.«

»Musst du wieder paffen?« Ein kleinerer Junge fing übertrieben an zu husten, dabei blickte er auf seine Uhr. »Unsere Musikantin hat noch zwei Minuten Zeit. Wenn sie zu spät kommt, muss sie zur Strafe mit nacktem Popo ins Bett.«

Das Mädchen brach in lautes Gelächter aus. »Wieder mal typisch Addie.« Sie lief zum Fenster. »Dacht ich's mir doch; ein braves Mädchen.« Sie öffnete die Zimmertür und sagte scheinheilig. »Wir warten schon auf dich.«

Das Mädchen trat nun ins Zimmer. Es hatte seine Haare zu Zöpfen geflochten und lachte ein bisschen verlegen. Das musste Karin sein. Sie packte stolz ihre Gitarre aus der Hülle und zeigte sie den anderen. »Das ist sie, schön, nicht?«

Der Junge, der Addie hieß, nahm sie ihr aus der Hand und begutachtete sie. »Das ist sicher ein schönes Stück. Wollen hoffen, dass sie auch so gut brennt.« Er knipste sein Feuerzeug an und hielt es dicht unter das Holz.

»Achtung!« Karin wurde blass. Sie wollte die Gitarre an sich reißen, aber Addie lief mit dem Instrument weg, und als die zwei anderen anfingen zu lachen, sah Karin sie ängstlich an. »Ihr habt überhaupt keine Band.«

»Richtig geraten.« Peter sprang auf, trat seine Zigarette aus und legte seinen Arm um Karins Schulter.

»Hau ab!« Karin schlug den Arm weg.

»Ganz ruhig, wir verschwinden sofort, aber erst müssen wir noch eine Kleinigkeit erledigen.« Peter holte einen Strick aus seiner Tasche und hielt ihn hoch.

»Das habt ihr euch gedacht.« Karin rannte zur Tür, aber Addie trat sie vor der Nase zu und stellte sich davor. Er packte Karins Arme und drehte sie nach hinten.

»Lasst mich gehen.« Karin probierte, ihn zur Seite zu schubsen, aber sie hatte keine Chance, denn der Junge war viel zu stark. Und als Karin um sich schlug, eilte Peter seinem Freund zu Hilfe und knüpfte den Strick am Haken der Fensterbank fest.

Vera konnte nicht länger zusehen. Sie wollte die Schranktür auftreten, aber David hielt sie zurück. Wenn sie nun zum Vorschein kamen, würde es eine Schlägerei geben, die sie ganz sicher verloren.

Voll Abscheu sahen sie, wie Karin an der Fensterbank festgebunden wurde.

»Was habt ihr vor?«, fragte Karin ängstlich.

Einer der Jungen holte eine Schachtel Streichhölzer aus seiner Tasche und schüttelte sie vor Karins Gesicht hin und her. »Ein Streichholz reicht, um die prachtvolle Gitarre anzuzünden. Das machen wir nicht hier, sondern hinten im

Garten. Wir haben dich am Fenster festgebunden, damit du alles gut sehen kannst.«

»Nein«, schrie Karin. »Ich habe sie gerade neu bekommen.«

»Wir verbrennen sie nicht sofort«, sagte Peter. »Das wäre Sünde. Erst spiel ich noch ein Lied für dich, ganz umsonst. Nett von mir, nicht wahr?« Mit einem Grinsen im Gesicht schlug er auf die Gitarrensaiten.

»Hör auf!«, rief Karin. »Du verstimmst sie total.«

»Genau das wollen wir«, lachte Addie. »Dann kokelt sie hinterher besser.« Er hob eine leere Dose vom Boden auf. »Hier schütten wir die Asche rein. Dann kannst du deine Gitarre zu Hause aufbewahren, im Regal über deinem Bett. Kommt, Leute!« Sie verließen grinsend den Raum.

»Gebt sie mir zurück!«, kreischte Karin. »Gebt mir meine Gitarre zurück.«

Sobald die anderen aus dem Zimmer waren, kletterten David und Vera aus dem Schrank. Sie legten den Finger auf die Lippen, damit Karin sie nicht verriet. »Sie wollen meine Gitarre anzünden«, flüsterte sie.

David und Vera linsten durch das Fenster in den Garten. Das Mädchen hielt wirklich ein Streichholz unter die Gitarre. Karin hielt den Atem an, doch bevor das Instrument Feuer fing, blies Addie das Streichholz aus. »Wir zünden sie nicht an, Leute!«, hörten sie ihn rufen. »Wir schlagen sie kaputt.«

Addie nahm das Instrument und lief zu einem Haufen mit Steinen, wo er die Gitarre über seinen Kopf hielt und nach unten sausen ließ. Vor Angst schrie Karin auf. Doch knapp über den Steinen hielt Addie inne, und laut lachend sahen die drei zum Fenster hinüber. »Vielen Dank!« Und sie rannten mit der Gitarre davon.

So schnell David und Vera konnten, banden sie Karin los.

»Hinterher!« Zu dritt liefen sie in den Garten und suchten die Straße ab, dabei konnten sie gerade noch sehen, wie die anderen im Imbiss an der Ecke verschwanden.

»Schnell!« Beim Imbiss schubste David Karin hinter ein Auto. Sie warteten, bis die drei wieder herauskamen, erst dann traten David und Vera auf sie zu.

»Ich glaube, wir müssen mal miteinander reden«, sagte David.

»Wieso?« Peter kam auf ihn zu.

»Ihr habt die Gitarre geklaut.«

»Wie kommst du auf die Idee, das ist unsere.«

»Karin, kommst du mal eben«, rief David. »Das ist Karins Gitarre, und ihr habt sie geklaut.«

»Ihr wolltet sie anzünden«, sagte Karin.

»Was soll das denn, anzünden? Das war ein Scherz. Wir hätten sie dir doch zurückgegeben.«

»Schlechter Scherz«, sagte David. »Ich hoffe nur, die Polizei kann auch darüber lachen.«

»Wieso Polizei?«, fragte Addie.

»Oh, das merkt ihr noch.« David zuckte gleichgültig mit den Schultern.

»Was willst du damit sagen?« Addie hielt David seine Faust unters Kinn.

»Wir werden eine Erklärung abgeben, dass ihr die Gitarre geklaut habt. Drei unserer Freunde sind schon unterwegs zur Polizei. Witzig, nicht?«, lachte David. »Ich lach mich kaputt.«

»Waaas . . . Ihr wollt uns verpfeifen?«, rief Peter und zog ein Messer.

»Lass es stecken«, sagte das Mädchen. »Du machst alles nur noch schlimmer.«

Addie spuckte David ins Gesicht. »Was willst du eigentlich?«

David blieb ganz ruhig und wischte mit seinem Ärmel über sein Gesicht. »Das ist anscheinend der einzige Weg, damit Karin wieder ungestört über die Straße gehen kann.«

»Denkst du, dass du uns mit diesem Unsinn einschüchtern kannst?«, schnaubte Peter.

»Sie sind zu fünft«, warnte ihn das Mädchen. »Und die blöde Schnepfe kann auch alles ausplaudern.«

»Nun, wir werden ja sehen, wem die Polizei glaubt. Kommt mit.« David machte Vera und Karin ein Zeichen, ihm zu folgen.

»He!« Als sie an der Ecke waren, hatten die drei sie eingeholt. »Hier ist deine Gitarre!«

»Und was denkt ihr euch morgen aus?«, fragte David, während Karin die Gitarre in die Hülle packte.

»Wir machen nichts«, antwortete das Mädchen.

»Nun, wir hören es von Karin. Wenn noch mal so was passiert, kommen wir zurück.«

»Mach dir keine Sorgen«, sagte Addie. »Wir lassen die Tussie in Ruhe!«

»Das will ich euch auch raten.« David drehte sich um und ging. Vor dem leeren Haus schlossen sie ihre Fahrräder auf.

»Wir laufen mit dir mit«, sagte Vera zu Karin.

»Das hast du klasse gemacht«, sagte Vera, als sie mit David nach Hause radelte. »Ich hätte ihnen die Geschichte von Jochen erzählt.«

»Das macht keinen Eindruck auf solche Leute«, entgegnete David. »Sie lachen dich einfach aus, da bin ich mir sicher.«

»Mensch, wie mutig du warst.« Vera nahm Davids Hand und kniff sie fest.

Ein Schauer durchfuhr David. Reiß dich zusammen, sagte er sich. Es hat nichts zu bedeuten. Aber sosehr er sich auch gut zuredete, es half nichts.

Er musste fortwährend auf seine Hand blicken, die sich plötzlich ganz anders anfühlte, viel leichter. David seufzte. Nicht schon wieder, er hatte sich doch gerade erst vorgenommen, sich nie mehr zu verlieben.

21 Ihr Projekt lief mittlerweile auf Hochtouren. In der Zwischenzeit hatten viele Schüler beim Problemtelefon angerufen, und das Redaktionsteam hatte bereits einigen Opfern helfen können.

David saß in seinem Zimmer und freute sich auf heute Abend. Zum Glück hatten sie keine Hausaufgaben auf, das passte gut, denn im Fernsehen lief ein spannender Film.

»David«, rief seine Mutter. »Marion ist am Telefon.«

David rannte die Treppe runter, vielleicht war es etwas Wichtiges.

»Hast du heute Abend Zeit?«, fragte Marion, als David am Apparat war.

»Wieso?«

»Ich habe eine Verabredung mit einem Mädchen, das mich um Rat gefragt hat.«

»Wird sie gemobbt?«

»Nein«, sagte Marion. »Sie hat ein ganz anderes Problem. Ein Junge war total in sie verknallt, aber er war so schüchtern und ließ sich nie etwas anmerken. Dann hat sie sich einen anderen Freund gesucht, doch in der Zwischenzeit hat sie sich in den ersten Jungen verliebt und hat die Freundschaft zu dem anderen wieder gelöst. Jetzt traut sie sich nicht, den ersten Jungen zu fragen, weil sie Angst hat, dass er sauer ist und sie nun abblitzen lässt. Ich habe mich mit ihr im *Speicher* verabredet, aber eigentlich habe ich gar keine Zeit, ich muss zum Kickboxen. Wir trainieren für die Landesmeisterschaft, und ich muss unbedingt beim Training dabei sein. Ich kann ihr auch nicht absagen, denn ich hab mir ihre Nummer nicht notiert. Blöd, nicht!«

»Und jetzt soll ich hingehen«, sagte David. »Was soll der Quatsch, wir betreiben doch keine Heiratsvermittlung!«

»Ich weiß, dass es dumm von mir war«, sagte Marion. »Aber sie klang so verzweifelt.«

»Nun, dann muss ich wohl hin«, sagte David. »Aber ich hab eigentlich keine Lust. Wann wollte sie im *Speicher* sein?«

»Um acht Uhr«, sagte Marion, »sie fragt an der Bar nach mir.«

»Also gut, aber drei nach acht bin ich wieder draußen. So was Blödes!«

»Danke«, sagte Marion und legte auf.

Überpünktlich kam David am *Speicher* an. Er war ziemlich genervt. Wieso hatte er sich auf so was eingelassen? Jetzt hatte er einmal einen freien Abend, und dann musste er sich mit solchen Lächerlichkeiten rumschlagen.

Morgen würde er das in der Redaktion besprechen.

Er blickte zur Tür. Das Mädchen war noch nicht aufgetaucht, und höchstwahrscheinlich würde es überhaupt nicht kommen. Dafür hatte er seinen Film sausen lassen! Er verstand Marion nicht, sonst war sie doch auch nicht so sentimental. Das Mädchen musste sich ja wirklich sehr jämmerlich angehört haben. Als die Tür aufging, war seine schlechte Laune sogleich verschwunden. Er hatte nicht geahnt, dass Marion auch Vera gefragt hatte . . .

»Setz dich doch.« Er rückte ihr einen Stuhl zurecht. »Das Mädchen mit dem Liebeskummer ist noch nicht aufgetaucht.«

Vera setzte sich zu ihm. »Ich bin das Mädchen mit dem Liebeskummer, und ich habe Marion um Rat gefragt. Sie sagte, dass du mir wahrscheinlich am besten helfen kannst.«

»Warum ich?«, fragte David.

»Du kennst ihn sehr gut«, sagte Vera. »Er ist nämlich auch bei uns in der Redaktion.«

David spürte, wie Ärger in ihm aufstieg. Musste er nun zwischen Vera und Niels vermitteln? Das ging ihm zu weit. Am liebsten wäre er aufgestanden und gegangen, aber er ließ sich nichts anmerken.

»Ist es Niels?«, fragte er.

Vera schüttelte den Kopf.

David verstand nun gar nichts mehr. »Aber du hast doch gesagt, dass er in der Redaktion sitzt und mein Freund ist.«

Vera spielte mit ihrem Ring. »Nein, ich sagte, dass du ihn sehr gut kennst.«

David sah etwas verwirrt aus. Was meinte sie damit? Langsam dämmerte ihm etwas, aber er traute sich nicht, es auszusprechen. Erst als er Veras roten Kopf sah, wusste er genug und lachte nervös.

»Ich bin schon seit einiger Zeit verliebt in dich«, sagte Vera. »Hast du das nicht gemerkt?«

»Ich habe es gehofft«, sagte David errötend. Sie blickten sich lange an, und ihre Gesichter kamen sich immer näher. David roch den süßen Geruch von Veras Hals und spürte, wie ihre zarte Hand seine Wange streichelte.

Dann küssten sie sich, erst vor Schreck nur zaghaft, dann sehr ausgiebig.

»Herzlichen Glückwunsch!«

Als sie aufsahen, standen Marion und Niels vor ihnen.

»Wann ist die Hochzeit?«

»Du kannst uns gern einen ausgeben, Smit!«

»Was möchtet ihr trinken?«, fragte David.

»Für alle ein Bier«, sagte Niels, »um dieses freudige Ereignis zu feiern.«

David ging zur Theke und bestellte vier Bier. Während er wartete, sah er sich in der Kneipe um und entdeckte noch ein paar andere Mädchen aus der Schule, die aber längst nicht so schön waren wie Vera.

»Woran denkst du?«, fragte Vera, als sie später am Abend vor ihrem Haus standen.

David seufzte. »An Jochen. Hätte ich dich früher gefragt, würde Jochen noch leben.« Zum ersten Mal traute er sich zu erzählen, was er Jochen versprochen hatte.

Vera streichelte Davids Hand. »Ich glaube, dass hätte für Jochen nichts geändert. Dann hätten wir verliebt dagestanden. Na und?«

»Dann hätte ich nie ›Hau ab!‹ zu ihm gesagt«, erklärte David.

»Natürlich nicht«, antwortete Vera. »Und er hätte sich wahrscheinlich auch nie getraut, zu dir zu kommen.«

David nickte. »Ich fühl mich trotzdem schuldig.«

»Wir alle sind schuld«, sagte Vera. »Aber wir können es nicht mehr ändern.«

»Du hast recht. Aber ich kann jetzt etwas tun.« Davids Finger strich über Veras Nase und ihren Mund.

Vera lächelte. »Du möchtest noch was sagen. Ich sehe es dir an.«

David zog sie an sich. »Babe, I love you«, flüsterte er in ihr Ohr. Endlich wusste er, wie Veras Lippen schmeckten. SUPER.

Stefan Gemmel & Uwe Zissener

Befreiungsschlag

Damit hatte Maik nicht gerechnet. Geprügelt hat er sich schon oft, immer folgenlos, aber nun wurde er zu einer Jugendstrafe auf Bewährung verurteilt. Er hat die Wahl: Knast oder ein Anti-Gewalt-Training. Klar, dass Maik solch ein Training für völlig überflüssig hält, auf Psychogeschwätz kann er verzichten. Doch weil das Training besser ist als Gefängnis, willigt er ein und macht erstaunliche Erfahrungen. Seine Umwelt und vor allem seine Freundin Julia beginnen gerade, ihn mit anderen Augen zu betrachten, da droht der Rausch der Spielkonsole ihn vom Weg abzubringen ...

240 Seiten • Klappenbroschur
ISBN 978-3-401-51056-9
www.arena-verlag.de